ÉTRAVES

"Domaine français"

DU MÊME AUTEUR CHEZ ACTES SUD

HORS SAISON, 2011 ; Babel n° 1071.
CARÉNAGE, 2011 ; Babel n° 1199.
NORD-NORD-OUEST (prix *Ouest-France* / Étonnants Voyageurs, prix des Mémoires de la mer, prix Encre marine, prix de la ville d'Asnières), 2015 ; Babel n° 1461.
TROIS CANTATES POLICIÈRES, 2015.
VAINCRE À ROME, 2019 ; Babel n° 1768.

L'auteur remercie le CNL pour la bourse d'aide à la création
dont a bénéficié cet ouvrage.

ISBN 978-2-330-18227-4

SYLVAIN COHER

Étraves

roman

ACTES SUD

À L., S. et V.
Mon archipel.

[PIÈCE 140 – SÉRIE AF – 140.1963F/JD]
Jacques Dupin, *Grand vent*

La chair endurera ce que l'œil a souffert, / Ce que les loups n'ont pas rêvé / Avant de descendre à la mer.

Ce tribunal cachottier est une vraie mascarade, et vos questions retorses et vos devinettes perverses feront jamais ni le début ni la fin de l'histoire qui vient. Vous en savez déjà bien assez, bien plus que vous devriez en savoir. Allez dire que non, ma parole, allez dire que le coq Blaquet vous balade, qu'il vous donne point en plaidoyer tout ce que vous rêviez d'entendre. J'attends. Je savoure déjà la babiole, l'abattage et la bobinette, comme dirait l'autre. C'est que je suis loin d'avoir germé hier, voyez-vous, je suis votre as percé, le dernier brelandier du *Ghost*. Je connais votre jeu et vous voulez voir le mien – c'est de bonne guerre, disons, c'est le prix que je dois payer pour gagner encore quelques plombes à vivre en attendant le pire que vous m'avez concocté.
Donnant donnant.
Cartes sur table.

On est comme ça, nous les matafs, on reste forcément furtifs, on vit à la minute en calculant le sursis au compte-gouttes mieux qu'un dépuratif. Vous pouvez d'ores et déjà licher mon sang et vous pouvez bien me croquer cru ou encore vous tailler des bavettes sur la bête, tenez, ça changera que dalle au décor. Je suis votre prisonnier et je regrette juste mon vieux rafiot guenipeux, ma cambuse lacunaire, la maïence embuée, la crasse poisseuse de mon tablier et mes petites habitudes de coq ronchonchon.

Les miens me manquent, parbleu. Les miens, comment dire, c'est cette harde vermineuse que vous avez joyeusement massacrée à la foire d'empoigne. Et pourquoi déjà, au juste ? Pour rien. Parce qu'un mouflet s'est permis de creuser dans la terre, point-barre.

Vous m'écœurez.

C'est le privilège du marin de braver la ruine en perdant si peu, tandis que vous autres, frères humains, vous êtes certes puissants sur vos pitons épars et vous êtes assurément cousus d'or plus qu'il en faudrait, mais vous avez bien trop la pétoche, toute honte bue. Ores, ce que vous voulez savoir, c'est ce qui s'est passé juste avant l'*Outrage* et l'*Intrusion*, ce qui a précédé le *Blasphème* et le *Sacrilège*, l'inqualifiable *Profanation* de votre pseudo-Terre sainte – un bout de caillou, en vérité, un vulgaire mamelon fait de glaise et de gravillons.

Ce que vous voulez savoir, argué-je, c'est ce qui manque encore dans vos tablettes, sur les comptes rendus babillards de vos procès-verbeux. Le pourquoi de la chose, mettons. Mais vous bilez point et patientez encore un peu car moi, Blaquet, je vais vous le verser tout de gob, le chalut complet. Comme Furieuse nous l'a chanté et comme Petit Roux le lui avait conté auparavant dans le carré puant de *Balthazar*. Dans le bon ordre et depuis le début, je suis votre humble délateur.

C'est donc par une fin de cadran quasi crépusculaire que notre histoire commence, comme ça, avec les agrès branlants et tout l'équipage faisant grimace au gamin et à sa daronne, retranchés l'un contre l'autre à la proue du cargo. Dès les premiers braillements, après la cavalcade dans les coursives, j'ai lâché mes gamelles et je suis monté à la hâte pour rejoindre mes camarades sur le pont. Les pognes encore graisseuses et mon coupelard de chef flanqué dans la bretelle, je me suis installé aux premières loges, un peu sur le côté, comme à mon habitude.

Quand on passe sa vie entière dans le trou du fond, on est toujours soucieux de savoir ce qui se joue en surface et faut avouer que les distractions, c'est rarement ce qu'on récolte le mieux sur la mer-ingrate. Les amusettes, corbleu, c'est juste ce qui nous délivre de la routine du bord, de l'ennui des quarts de veille et des songeries morbides.

Ce que je peux vous dire d'autre ? Eh bien nos calots, par exemple, nos quinquets de marins avides, avec la rétine figée sur le gamin maigrichon croquevillé dans l'impasse de la proue. Nos grosses loupes de harengs ébahis d'être pris à la ligne, sans le piquant de l'hameçon ni le garrot du trémail qui décolle les branchies comme les feuilles de l'Empereur.

Or c'est bien l'Empereur qui commande le *Ghost*, au moment précis dont je cause. Ce serait mensonge d'affirmer qu'on lui obéit avec l'index sur la couture, à sézigue, mais on s'applique à tout faire pour le mieux. On prend ce qu'on peut et on le ramène vers soi, c'est juste l'inverse de la brasse – dans l'eau, on coulerait illico.

Faut bien comprendre qu'on compte pour des clous, nous les claque-dents. On contrefait, on glapit nos humeurs comme elles viennent avec nos trognes ingrates et nos museaux de blobfish. On grogne ou on bêle et tous on siffle l'air qui va et vient comme si on naissait avec un tuba de phtisique planté entre le bec et les éponges. Nous les Fruits-de-mer, on vit toujours penchés comme des virgules, on naît avec une béquille plus brève que l'autre, le cintre en biais et la cheminée coudée pour corriger les idées droites. On vire ou on empanne contre la gîte mais on tient la bulle au zéro du niveau, constamment tiraillés entre l'envie d'avoir vite et le désir d'avoir plus.

Vous ignorez tout ce qu'on endure, au final – ô combien nos pognes osseuses sont tendues vers Câline et Petit Roux. Elle qui paraît dormir dans ses pattes et lui, l'échalas des coursives, qui tremble comme une nageoire caudale incapable de se contrôler.

Vous voulez savoir qui on est ? Très bien. De ces choses qui flottent avec la vieillerie sur les courants marins. On chaparde nos grignons en gagne-misère avec les ongles fendus d'avoir trop gratté, toujours noircis par la crasse ou le sang caillé. Nos grappins font encore l'effort de quelques pouces dans le vide sans pour autant prendre le risque de s'avancer davantage. On pourrait y aller franco, pardi, mais on se méfie de l'engeance et de la rage mauvaise qu'on flaire sur la trogne du renégat. C'est loin d'être du chiqué, vous pouvez me croire, ce qui cafarde en perle vierge dans l'orbite courroucée de Petit Roux. On fait gaffe aux mauvais coups et on s'assemble comme on se ressemble – en banc grégaire devant la proie menaçante. Tous d'un côté, lui de l'autre et Câline au centre de la discorde.

On attend juste un signe de l'Empereur pour nous ruer sur le casse-croûte. Un ordre fort et clair, du genre à pincer les bourbillons récalcitrants pour faire chuter la pression, une sorte d'hallali sonnant et trébuchant qui nous donnera le signal pour nous jeter enfin sur le moussaillon et sa génitrice. Et pourtant, notez-le, la distance qui nous sépare reste une sage précaution.

Un pied de plus et ça mord.

Ça tranche.

Ça tue net.

Dès lors, c'est le *statu quo* à bord du vieux cargo mâté. Avec le crépuscule qui rabougrit le gamin sous sa parka en pur cuir de morse, corseté dans les lambeaux du boléro. Avec le *Ghost* qui dandine pire qu'une épave livrée au bon vouloir des flots. Avec mes faitouts qui farnientent et surtout mon feu qui faiblit, faute de l'affourager comme il faut. On laisse échoir sans pousser, après tout les choses vont comme elles veulent.

Après l'esclandre et la bousculade qui nous ont conduits vers la pointe du cargo, le cadran paraît figé pour de bon. Elle est cannée Câline, okay. Et après, on fait quoi ? On s'observe sous cape, la pupille posée sur l'œilleton ou plantée dans les cernes en coussins de bourre que les cils époussettent. On jurerait qu'on va bondir alors qu'on reste parfaitement immobiles et la brise soulève les haillons pour exhiber nos membres blafards, les râteliers de nos râbles, mamelles amollies, ombilics noirs comme des culs, tattoos fanés et cicatrices ourlées au crin épais – et je vous passe les ecchymoses sur nos galuchats de maquereaux.

Faut faire avec puisque la mer nous cuivre, puisqu'elle boucane nos guenilles au compte-gouttes et puisque la fleur de poisse s'épanouit tandis qu'on pourrit de la tige, nous autres, dans notre vase trop rempli.

La Loi Nouvelle permet à quiconque d'être nu, mais on couvre nos carnes pour ralentir les pronostics car nos bobos racontent les scories de nos vies mieux que les livres de bord.

On fait illusion sans trop y croire.

Toujours un flambard pour se vanter, toujours un fanfaron pour mythonner ses stigmates à la cantonade – *regarde mon gars, le trou que tu reluques, c'est un coup de surin sur la dunette du ferry* Musica. *Vise un peu l'évent, pire qu'une dent de narval, j'peux encore glisser l'pouce dedans. D'la rouille et des glaires, c'est ça qui gerbait en geyser, une vraie fontaine de fèces…*

On laisse dire, pardi, personne s'en lasse et si nos bobards devenaient des îles, on aurait toujours les pattes au sec. Les carottes et les salades, c'est guère mangeable mais ça feinte facilement la boyauterie vide.

Nos mensonges sont nos refuges.

Des baies paradisiaques.

Chauves ou chevelus, on se vaut tous peu ou prou, sans compter les teigneux qui se tailladent le crin pour effaroucher les minots dans l'obscurité des coursives. Seules les barbiches nous distinguent des femelles, dont les trognes sont tannées mêmement par le sel, la réverbération des interminables cycles de mer et les radiations des eaux sales qui voguent avec les algues invasives. On copie les planctons et les protistes, on resquille nos miettes entre les zones mortes et on mute ou on s'adapte comme on peut – on est plus vraiment à ça près.

La survivance, c'est juste un cache-cache perdant, le jeu idiot qui fait passer les plombes mieux que les dés ou les dominos.

Le cœur d'un homme est dans sa tête, bramait l'Empereur pour galvaniser les pétochards et coup-de-latter les tire-au-cul. On est rodés au mal de vivre, attendu **que** les eaux impures nous abreuvent de sinistres sillons et qu'on les dégorge par tous les pores. La chantepleure charrie des eaux tritiées au strontium, cobalt et iode, américium, césium ou carbone 14 – vous connaissez la partition des philharmonies leucémiques. Avec en bonus les déchets terrigènes qui écument sans vergogne le Pays-de-Mer. Et les coups, les carences et les privations nous refont le portrait pendant que le scorbut se charge des chicots, de la dentine, des gencives rongées à l'acide.

La pêcherie nous empoisonne à petit feu mais nous en déplaise, on chérit le petit plus de gras et de protéines. Sans le jus précieux des citrons qu'on récolte, ma parole, on serait tous clamsés depuis une paye. Sans agrumes la gale guette, le typhus triomphe, la phtisie rapplique au taïaut, la dysenterie déshydrate, les fièvres nous infectent et les maladies putrides prolifèrent.

On a les tronches qu'on mérite.

On regarde juste la mise avant de piocher les cartes.

Ça fait un bail que la Mer-océane a brisé ses chaînes et, depuis lors, Mirovia s'épanche pire qu'une larme sur l'ongle d'un pouce. Vous autres, Pousse-cailloux, vous avez crapahuté en catastrophe sur vos abris côtiers en nous abandonnant ce qui barbotait à l'entour. Et pour peu que le niveau grimpe encore, croyez-moi, pour rien au monde je troquerai le *Ghost* contre un cadastre de quatre sous.

Quant à savoir pourquoi toute la flotte contenue *dans la terre* s'est retrouvée d'un coup *sur la terre*, ça reste un sacré mystère et chacun y va de sa marotte, de son crobard et de ses aïeux.

C'est comme ça depuis que la coquille s'est craquelée, depuis qu'elle a rendu les eaux, la garce rincée par les cataractes. Depuis qu'elle s'est laissée submerger, anéantir en moins de deux, noyer sous le poids des fluides qu'elle couvait comme une cloque trop tendue, un abcès à solder. D'une portée à l'autre, on se refait l'histoire comme si on en était encore à se demander jusqu'où ça montera. On échafaude, on brode en point de bouclette pour se punir comme on peut et quand on disserte de l'Inondoir, les ceusses qui geignaient se mettent à branler du chef comme les otaries des eaux froides. Orphelins flottants, on cultive les hypothèses et la repentance. On vaut moins que rien et pire que tout – rarement mieux.

Vous savez, vous ?

Bien sûr que non.

La mouillante qui fit gonfler les grands fleuves est toujours présente et les affluents foisonnent tandis qu'on cherche encore des criques où mouiller nos ancres. Ce qui vous épate, pardi, c'est le miracle qu'on puisse flottiller encore après tant de cycles à s'infuser le fondement. Ça vous la coupe, avouez, avec vos grands airs perchés d'espèce supérieure, vous nous reluquez toujours aux lorgnettes comme des zigotos en cavale.

Eh bien moi, Blaquet, simple gargouillot du *Ghost*, je vais vous dire tout ce que vous ignorez encore, pour éclairer vos lanternes et pour faire connaissance, afin que vous sachiez mieux à qui vous avez affaire. La raison discute, pourquoi pas, mais la sagesse écoute patiemment.

Nos femelles pissent debout comme les mâles et, comme eux, elles deviennent plus grêles et plus courbes que des clous de taquier. Leurs mouflets sont les gniards de tous, faut avouer que personne à bord s'ennuie assez pour compter les bâtards – à quoi bon, corbleu, puisqu'ils s'éclipsent sans arrêt, le cul à l'air et la morve au pif. Une marmaille chétive élevée au lait de baleine, au bouillon d'algues, au sperme de morue, au sang des sardines que les daronnes égorgent à l'aplomb des becs entrouverts. Le goutte-à-goutte fait rougir les babines, il dégouline en sinuant sur les bedons maigrichons, pouah, le *Ghost* fait le frai et les gosses poussent comme ils peuvent, selon les aléas de la bonne étoile. Chaque nuit qui vient est un anniversaire de plus et nos béquillards ont parfois tout juste la voix qui mue.

On compte un mouflet par adulte et encore un autre en rabiot, pour remplacer les ceusses qui calanchent. Le superflu épaissit la popote des agapes placentaires, voilà tout, des ronds caillés dans le bouillon du soir, une marmelade embryonnaire et des petits os pointus qui piquent entre les ratiches comme le cure-dent d'une arête dorsale.

C'est ainsi qu'on se régule et c'est ainsi qu'on se régale, au Pays-de-Mer. On préserve chacun sa place dans l'espace restreint qui nous est imparti. Le rôle reste toujours le même, on se renouvelle simplement et l'affaire est dans le sac – il arrive même que les mâles portent les œufs. Va savoir qui l'a fait, celui-ci comme un autre, ils se ressemblent tous.

Et parmi nous, l'Empereur surjoue le rôle du commandeur en chef en paradant les pognes nouées dans le dos, avec les ratiches pointues du sabre argenté et les écoutilles plus larges que des nageoires pelviennes. Il prend la pose dans son manteau noir bouffé par le sel, vibrisses et barbillons lui hérissent le museau et son trilby en cuir de bonite est parsemé de plumes d'hameçon. Faut voir ça quand il secoue la caboche, le turlupin clocheté, le vent qui grossit fait bouger les poils et les plumes, et les béquilles bien campées amortissent d'instinct le houlement de la coque.

Dans son impérial carafon, faut croire qu'il se prend pour une sorte de pirate, pareil aux gravures moisies qui capitonnent sa cabine – barbiches et perruches haut perchées, jambes de bois pour moudre le grain des ponts. Mais son trésor intime, celui qui trône au-dessus de son pageot, c'est bien le tableau encadré d'une naïade se baignant nue sous les rubans clairs d'une cascade, comme ça, dans un glacis de verdure luxuriante. Une toile aux couleurs criardes, comme un amer à la longue-vue.

De l'Empereur pur jus, voyez-vous, et le summum des prises de guerre, pour sézigue, c'est bien les imprimés en papier de bois. Il brame à qui veut l'entendre qu'il y a plus de joie dans un bouquin que dans un marin saoul – et puis quoi encore ? Contre un seul fascicule en bon état, l'Empereur vous nourrit largement et vous rejoignez illico l'équipage du *Ghost*, comme si on avait besoin de ça, foutrebleu, pour flottailler sur l'océan des pluies.

Invariablement, au deuxième quart des cadrans noirs, droit debout dans le dortoir, l'Empereur nous lit trois ou quatre pages choisies avec soin, comme pour bercer la marmaille lors des coups de chien. Il nous bassine avec la foutaise des *récits qui font la mémoire de notre sang*, car la seule chose qui nous distingue des bestioles, d'après lui, c'est juste le stock de syllabes dont on dispose et rien d'autre. Les mêmes mots pour celui qui rame que pour celui qui rampe, argue-t-il en jabotant.

Devant Petit Roux et son chiffon maternel, toujours encastrés à la proue du cargo, l'Empereur ressort le grand jeu des grands jours – cabot en diable, bonimenteur et munitionnaire de notre soif de justice. Sachez qu'il commande le *Ghost* depuis que le Pacha est cloué à son baldaquin, dans la cabine lambrissée d'iroko et de robinier, les os rendus fragiles par l'excès de sel et aussi parce qu'il est vioque, définitivement. Plus chauve qu'un genou et plus sale qu'un peigne, comme on dit par chez nous.

Pire que la laimargue des eaux froides, le requin charognard au regard voilé qui se repaît de vos restes.

On le nourrit de bouquets de zostères, d'algues fraîches et de filets fumés, notre Pacha grabataire. Le scorbut lui a volé ses incisives et ses tumeurs malignes font la taille d'un calot de calmar, pouah, la carapace est crevassée, il a les rotules qui rouillent et le nerf flapi d'une pieuvre sénile. On trempe ses lèvres dans l'alcool de nori et notre dévouée Weiss le lave parfois à l'éponge, à l'eau douce tamponnée. Weiss dit que l'eau de pluie empêche nullement les escarres et qu'il pue comme un cachalot crevé, notre Pacha, c'est bien pour ça qu'elle lui fait des compresses imbibées d'essence raffinée. Weiss raconte qu'il a le gland collé à la cuisse, pour ce qu'elle en sait. Mais Weiss peut bien dire ce qu'elle veut, puisque le Pacha vit et puisque le cargo flotte, il reste le patron du *Ghost*.

La Loi est dure, mais c'est la Loi.

Et depuis lors, l'Empereur intérimaire décide des routes en noyant le poisson avec ce galurin ridicule et sa guirlande d'hameçons en rameau de laurier. À ce qu'on raconte, il se chamarre en douce des sourires cruels et des œillades sourcilleuses devant le miroir piqué de la timonerie – il creuse les ombres des maxillaires, se pince les lippes pour les blanchir. Parfois, Furieuse l'imite à la dérobée et on doit se mordre les joues pour point pouffer.

Il craint moins la Camarde que l'oubli, pardi, il voudrait juste que la harde se souvienne de lui. Qu'on le haïsse pourvu qu'on le craigne, il cherche l'épate et la férule en tenant la mer comme il tient ses gouins – voilà bien tout ce que je peux vous dire sur l'animal.

Et nous autres on laisse faire, faut bien trouver un gus pour choisir le cap et régler les voiles, ces dix ares de draps sales pendus aux troncs qui font la mâture du *Ghost*. Un clampin pour clamer la Loi et donner la bouline, puisque la force fait le droit. Mais au moindre faux pas, on renierait l'Empereur et un autre viendrait en moins de deux prendre sa place. Bibi maybe, ou plutôt Septe, ou encore la sulfureuse Furieuse, qui se délecte à tout dictatorier en nous volant chaque fois dans les palmes, Aura la fourbe, Mikado le borgne, la vioque Cassandre, admettons, du moment que le successeur soit capable de trouver une solution heureuse à la pire des situations.

La chefferie, comment dire, c'est juste un prêté pour un rendu. Il en faut un seul pour commander et tous les autres pour obéir, point-barre. Mettez sept timoniers pour huit marins et le navire sombre.

À présent, la sorgue rapplique et avec elle revient l'odeur de la trouille et de l'eau qui mouille. Petit Roux brandit toujours son arme chevrotante, il menace invariablement quiconque voudrait lui chiper sa poupée Câline. Nous autres, on est parés depuis des plombes, on piaffe et on renâcle fort. Qui se laisserait contrarier par un mioche buté ? Surtout quand l'estomac fabrique ses bulles, ses ulcères et ses crampes.

Le temps s'écoule, le frichti m'attend et mon bouillon bouillonne. Chacun lorgne bien en face le fils et sa morte, chacun garde aussi l'Empereur dans le coin du viseur, par précaution. On fatigue un peu, à vrai dire, c'est maintenant qu'il faudrait faire quelque chose.

C'est ce que tu veux ?
Réponds.

L'Empereur reluque Câline en s'inclinant pour la remettre d'aplomb. Bien sûr qu'il faudrait la vider, sinon la barbaque sera gâtée par la mouscaille et elle aura clamsé pour rien, la pimprenelle – c'est ce que l'Empereur vient de proclamer et chacun de nous a senti la salive lui gicler aux recoins des babines. Une vraie gourmandise, foutrebleu, car faut bien comprendre qu'en mer, les plats sont toujours faits de poisson, puisque la garce sait faire pousser que ça.

L'Empereur secoue son bicorne en tintinnabulant. C'est la procédure, ajoute-t-il en levant gravement les paluches, selon les Mesures Réglementaires d'Application, comme c'est écrit au quatrième amendement, alinéa trois. La vider et pendre ensuite les filets pour les conserver plus longtemps. Et puis veiller dessus surtout, afin d'empêcher les crevards somnambules de venir piocher dedans. L'Empereur mâchouille ses phrases et Petit Roux se défend de répondre, mais il enrage – il aimerait pouvoir nous bazarder par-dessus bord.

C'est vraiment ce que tu veux ?
Fais point l'enfant.
T'auras ta part.

Il a presque quinze piges, le gamin, mais il est déjà plus long que la plupart d'entre nous. Une tige sèche bizarrement articulée, un pantin fantoche coiffé d'un fouillis de crins bistre ou blond-rousseau, ça dépend de la position de Phébus sur le cadran clair. Quand l'enfant naquit, fallait voir ça, le vernix sur son corps était plus pâlot que du jus de sillage et sa chevelure était déjà cuivrée, bouclée, splendide. Et quand il ouvrit les mirettes, ma parole, le *Ghost* brilla mieux que l'Astre au méridien.

Petit Roux ressemble à personne par ici et sa mère reste semblable à n'importe quelle autre. Ses traits sont ni fins ni beaux, mais il expose ses dominos quand il sourit et ses iris en bois de frêne plaisent à tout l'équipage.

Câline se vantait de l'avoir dessiné elle-même, son fiston céleste, elle pérorait lui avoir crobardé la figure au canif, mieux qu'un ciseleur sur un billot de bois tendre.

Mon ange, minaudait-elle.

La frétillante génitrice.

Jamais il nous a cafté qui lui avait coupé l'esgourde au ras de la caboche, Petit Roux, peut-être bien qu'il l'ignorait lui-même. Câline l'avait trouvé au réveil devant sa bannette, comme ça, souillé de sang déjà sec. Il avait sept, huit ans, mettons, et le mômillon mutilé se gardait de pleurnicher, il planquait juste le trou béant de la feuille perdue avec sa petite paluche poisseuse, les pinceaux serrés pour faire silence – pour entendre moins fort aussi peut-être, allez savoir.

Et puis la tignasse a masqué la cicatrice et on est passés à autre chose. C'est la vie comme elle vient, si on s'arrêtait chaque fois sur des broutilles ou des brimborions, on avancerait à rebours comme les écrevisses. Il a rien d'un sourdingue, Petit Roux, mais on chuchote des choses sur lui.

Qu'il met la tête sous l'eau.

Pour flairer les poissons.

Impossible de le confondre avec un autre morveux, celui-là, quand le vent-tourbillon le prend par surprise, on peut voir la brèche profonde comme l'empreinte d'un pieu juste au-dessus de sa mâchoire. Le défaut d'esgourde est un signe particulier, une manière pour savoir de qui on cause en posant l'index sur la tempe, mais il en faudrait davantage pour lui pardonner ce qu'il nous fait à présent, le trublion, en refusant de nous livrer Câline.

Il y a pléthore d'accessoires sur un bonhomme de mer et les marins gaspillent toujours au fur et à mesure ce qui est reçu au commencement. Une feuille, mettons, une quenotte puis une autre jusqu'à glisser le doigt sans l'obstacle d'une épite sur le mou des gencives. On fait l'inventaire entre les rives en comparant nos grimaces, on répertorie les ecchymoses et on s'interroge sur l'état du verso. Nos ongles regorgent du prurit des prurigos et chacun suçonne ses abcès, chacun racle au coupe-chou ses eczémas et ses urticaires.

Qui sait vraiment de quoi il souhaiterait guérir, pour commencer quelque part. On redoute la visite au Toubib et ce qu'on nomme à voix basse *le dernier quart du coracle* – là d'où l'on revient rarement, foi de mataf. Et vous voulez que je vous dise, l'oreille de Petit Roux, elle a point fini dans la gueule d'un thon, c'est l'un de nous qui l'a dans l'estomac.

Vous êtes toujours là ?

Vous aimeriez que j'aille plus vite j'imagine, que je vous torche l'épisode du *Ghost* en deux coups de cuillère à pot. Et puis quoi ? Ce qui vous intéresse finalement, vous et votre tribunal de Culs-terreux, c'est toujours ce qui vient plutôt que ce qui est advenu – à parier que vous couleriez dix navires juste pour savoir si l'onzième flotte. Minute, papillotes, mieux vaut chaperonner ses voiles avant de connaître ce que va faire la brise, comme on dit par ici.

On est une douzaine à la louche pour tenir tête au matelot, mais il doit en rester autant à l'intérieur et sur le pont arrière. Moi, Blaquet, je me tiens sagement sur le côté, avec mon tablier bien sanglé et mon coupelard d'office. Je sais bien qu'on aura tantôt besoin de moi, pensez donc, qui d'autre pour émincer la bidoche proprement ?

Une commère crie *Tout sauf la poiscaille* depuis un hublot entrouvert. Les gouins gloussent sans que les calots bougent, seuls les muscles tressaillent et le vent-joueur se charge de retrousser les loques.

Petit Roux nous connaît par cœur depuis sa naissance, c'est la semence salée d'un seul parmi nous tous. On est la cause de sa venue sur mer, de sa première poumonée d'iode sur les genoux de Câline et il sait bien de quoi on est capables, avec l'estomac qui nous sert de cerveau. La fringale, vous voyez ce que je veux dire, celle dont les crampons grattent et crissent contre les parois du buffet – coffre de crabe et goût de craie, on demande juste le gîte et le couvert, on siphonne le néant cul sec avec les babines en brèche, fissurées par le sel mieux que par le gel.

Le joli mot *viande* aiguillonne le gosier mieux qu'une toux sans glaires et le joli mot *viande* génère un vrai tourbillon de salive qu'on déglutit en petits glaviots mous. Faut bien se faire les bajoues, tenez, car depuis la dernière sucée, depuis la première perle carminée volée au téton maternel, on pense plus qu'à ça. La vider proprement des viscères puants et bien faire sécher la *viande*, selon la procédure *ad hoc*, embosser le sang fouetté dans un boyau rincé à l'eau salée et puis racler le cuir, les élastiques nerveux et le gras inutile, découper des lanières assez fines, les couvrir de sel et les offrir au vent-brûlant pour que le maigre puisse durer ce qui faut. De fins festons qu'on laisse fondre sous la glotte, en plissant les paupières.

Un vrai frisson d'extase.

Garde sa chatte et donne un bras, braille Cervical, le gabier haut perché. Les marins s'esclaffent et stoppent aussitôt – on pourrait croire qu'un interrupteur les commande. Il y a quelque chose dans la consistance de l'océan qui rend la respiration difficile, les poumons sifflent comme une algue pincée entre deux pouces et chaque geste brusque apporte son lot d'astérisques.

Petit Roux calcule la distance qui nous sépare – dix, treize pieds, disons. Il redresse le corps de Câline contre le sien en l'agrippant par les côtes, la pampine serrée contre sa poitrine l'empêche d'inspirer et le crépuscule affûte des reflets coupants sur le fil de la lame qu'il brandit devant nous.

Il tremblote et claquette des chicots, le môme au katana, le câble du bas-étai lui imprime une seconde colonne vertébrale depuis le crâne jusqu'au cul et sa guibole bringuebale sans appui sous le gros tube du beaupré. Derrière lui, il y a le drap noir des grands-fonds et devant, la barrière des marins bien décidés à becqueter ce qu'il tient entre les nageoires. Frangine ou daronne, ça compte moins que les balanes collées à la quille, pardi, puisque chacun sera bouffé quand son tour viendra – si point trop vioque, trop scrofuleux, trop craspec ou trop purulent.

La Loi Nouvelle est sans appel et nul s'y dérobe, point-barre, la justice coule comme le gave sous l'étrave et on s'attache à des règles faciles à piger pour tout un chacun. La loi nous dispense d'être potencés à tout-va, c'est la main courante du rafiot de l'Empereur – seuls les squales font l'ordalie, les Fruits-de-mer convoitent simplement ce qui est déjà ci-devant bien roide et bien rétamé.

Ben mon bonhomme, c'est hors de question qu'un gamin borné puisse tout foutre en l'air, juste parce qu'il s'est collé des lubies dans le ciboulot.

Les nimbus cumulent, boursoufflent et se tassent autour du *Ghost*. La drache va bientôt tremper le pont, on la sent déjà dans le souffle croissant du vent-nocturne. Les fluides se cherchent, la brouille comble les vides et la voûte entière finira par frémir sous un déluge de gouttelettes. D'habitude, c'est pile le moment où on rapatrie nos râbles au sec, pile quand je livre mes gamelles bien remplies aux commis de corvées.

Personne aime trop ça, la rincée qui ravale les os, non, et pourquoi passer des plombes à toupiller autour du pot, à quémander la permission pour prendre ce qui nous est dû ? Faudrait un miracle, fronce Petit Roux.

Pour se montrer plus menaçant.

Il enfouit sa fossette dans la tignasse de Câline et ses lippes mâchonnent des mèches plus sèches que les lambeaux du hamac dans lequel il pionce d'habitude. Câline laisse faire sans broncher, l'odeur est déjà plus vraiment la sienne, la Camarde gomme jusqu'à la sueur aigre-douce du temps jadis, jusqu'au parfum bouchonné de la crinière maternelle. T'as rien d'un gobelin du limon, secrète-t-il, rien des vases putrides qui suspendent la boue au-dessus des cailloux. À la terre plutôt qu'à la mer, décrète-t-il encore, en articulant des promesses inaudibles.

Nous autres, qui planctonons juste en face, on prend ça pour des menaces ou des insultes, un défi bravache comme on les débecte et les poings se crispent, les lames et les épissoirs sortent en sifflant des ceintures en corset, des bauquières et des fourreaux gras.

On est prêts et on a faim, bon sang de bossoir, on guette juste l'instant où le gamin baissera la garde.

Le signal franc d'un fanion vert.

Les plus hardis finiront par prendre leur risque pour la manger crue, comment dire, c'est plus goûtu et le scorbut préfère les salaisons. On la connaît bien, la poulie coupée, on l'a vue grandir et personne ignore le goût qu'elle a. On sait par cœur les biscotos de l'entrecuisse, tendons et gracilis, le mou du haut plus gras, les abdos en cuvette et les mamelles crevées qui feront jamais des pare-battages.

Les premiers arrivés seront les premiers servis, c'est la règle pour passer à table. Une fois dépiautée, désossée, éventrouillée, il restera point bézef de la peau de chagrin – juste une cage plus vide qu'un nid grison. On sait déjà que la faim est meilleure que le plat, quand on y regarde bien.

T'inquiète, petite mère.
Les morts vont à la terre.

Jusqu'à lors il se taisait, Petit Roux, et maintenant il promet. Le coupe-chou qu'il brandit est un sceptre respectable, faut bien voir que c'est ce qui nous empêche encore d'avancer davantage. La lumière surligne le fil dentelé et la hampe disparaît dans le poing du fils. Câline l'avait découpée dans une tôle épaisse, sa feuille de boucher, puis elle s'était échinée pendant des plombes à limer l'acier sur l'émeri de la meule pour tracer le biseau parfait, avec un manche en bois flotté assez long et assez fin pour pouvoir tenir dans la paume du mouflet.

Du sur-mesure, en quelque sorte – net et sans bavures, de quoi l'armer pour sauvegarder l'esgourde restante et pour crever la panse du diable s'il le fallait. De quoi tenir bravement sa place sur le *Ghost*, somme toute, mais en lui offrant la machette bien à plat sur les palmes ouvertes, elle était loin d'imaginer que celle-ci servirait à la défendre contre les crevards du *Ghost*, sinon c'est probable qu'elle l'eût faite plus mince et moins menaçante.

Elle se serait cannibalisée soi-même, Câline, pour protéger son fiston. Faut savoir que c'était rarement la dernière à table, foi de coq – jamais on l'a vue bouder le bouillon, comme on dit dans ma maïence. Et sur le manche du glaive, elle avait gravé un cœur.

Des fois qu'il oublie.

Chacun sait ce que ça vaut, corbleu, un coup de tranchoir sur le râble. Ça coupe jusqu'à l'os, ça coupe même jusqu'à la moelle nichée dans le roseau de l'os, une vilaine plaie difficile à rafistoler avec les moyens du bord. Mais on sait aussi qu'une fois que l'un de nous sera blessé, tous les autres bâfreront illico et c'est bien ce qu'on guette en bavant, le plus foldingue des crève-la-faim. Et c'est sûrement ce que l'Empereur attend lui aussi – un volontaire empressé, celui dont le sacrifice satisfera tout l'équipage.

Le vrai gueuleton des agapes confraternelles.

Allons, gronde l'Empereur.
Baisse ce machin.

La clepsydre tire au flanc, les nimbus colmatent les jointures et les vagues butent déjà contre la blouse métallique du *Ghost*. Avec son roulis de barrique, le cargo borné est trop mastoc pour se faire prendre par la première bosse venue. Il en a vu d'autres, notre mastodonte – des vertes et des amures, rabâchent les plus blasés. Mais après tout, mieux vaut flotter sans grâce que de couler en beauté, vous en conviendrez avec moi.

Les vagues vaincues repartent avec de la rouillasse entre les ratiches et les suivantes frétillent déjà en croyant pouvoir faire mieux.

L'Empereur rechigne toujours à lancer l'assaut et tandis qu'autour on piaffe, tandis qu'on s'agite dans les guenilles et la dépenaille, il interrompt les élans spontanés d'un geste sans équivoque. Évitons les mensonges, sentence-t-il en barytonnant, les Pousse-cailloux voudront jamais que t'approches, ni toi ni d'autres, ils te couleront dès qu'ils te verront. Colle-toi ça dans le carafon, misérable alevin morveux, le sang des orphelins, la pleurnicherie des miséreux, tout ça, c'est rarement leur problème, crois-moi. Nulle terre sans guerre, comme je dis souvent. Tout sera merrible, merrifiant, merrifique.

Tu entends, matelot ? Ça vaut point tripette, les radeaux argileux. Souterrer, c'est gaspiller pour des clous et jamais tu poseras un sabot au sec, ni même dans la bourbe que les pluies gadouillent. Sur les îles interdites, le Droit de Varech remplace la Loi Nouvelle et tout ce qui vient du large appartient aux clampins des rivages, c'est comme ça, les terres émergées couvrent à peine huit pour cent de la planète Mer et les gueux qui piétonnent font pousser ce qu'ils peuvent, jusque dans les fissures des pierres.

L'Empereur prend la pose, il fait mine de réfléchir. La seule grève où accoster, selon sézigue, elle est à quatre cents brasses sous le bulbe du *Ghost*. C'est ça que tu veux pour Câline ? – réponds. Nourrir le fretin que tu bâfres ? – réponds. Qu'elle finisse entre les côtes d'une saloperie d'orque, plutôt que bien bouillie dans les règles de l'art ? Non, bien sûr que non, allons donc, demande un peu au coq s'il se moque de ce qu'il nous mitonne.

Personne t'oblige à en bouffer, crie une femme.

Donne ta part, ajoute une autre.

Charivari et pour qui ? L'Empereur fait l'hippocampe, il bombe le torse et s'éventaille les branchies jusqu'à tendre les arcs. Jamais rien qui stoppe, récite-t-il, jamais rien qui dompte ni l'océan qui monte ni le peuple qui grandit. Le bougre flagelle en moulinant des spatules. Le seul relief acceptable, pour nous autres, c'est la cordillère blanche sur le paletot des vagues. Ton besoin d'altitude, c'est juste un frisson menteur et tu peux chouiner, mon garçon, des gnangnans et des piailleries de jean-foutre, tu peux toujours maudire le sort et puis quoi ? Regarde-le ton terrain de jeu, tout autour de toi jusqu'à l'horizon.

Fais point l'enfant.

Ressaisis-toi.

Les allonges de l'Empereur retombent et le reste suit morceau par morceau. Faut vouloir vivre et faut savoir mourir, brame-t-il en aparté, nous sommes les fruits de la mer et pourtant nous becquetons la poiscaille – la boucle est bien nouée.

La viande morte s'interdit de geindre en calinotades, la bidoche aura jamais ni visage ni sépulcre, non, d'abord c'est goûteux, parbleu, mais après ça cocotte pire qu'une calotte de tortue au cagnard. Ce que tu as perdu, nul te le rendra. La garce est cannée, bientôt elle va gonfler en baudruche et pourrir de partout, et ce sera gâcher le frichti puisqu'elle servira plus à personne.

Il marque une pause, le bosco du *Ghost*. Il sait qu'il suffirait d'un mot pour qu'on déferle au taïaut sur le gosse. L'incident serait clos, on pourrait enfin passer à autre chose.

Mais l'Empereur savoure son baratin comme une bouchée d'épaule confite, il rognonne, dégoise en fine gueule et catéchise en trémolant sur *la mer sainte qui nous supporte depuis si longtemps*. Nous sommes seuls contre les démons inondeurs et quoi qu'on fasse et quoi qu'on dise, leur cruauté reste sans égale. Les ceusses qui ont fait grimper la flotte jusqu'au ciel voulaient guère qu'on survive, pardi, ni branchies ni nageoires pour nous autres, saumons solubles dans la saumure. On nous a retiré la viande ? Eh bien nous la fabriquons nous-mêmes et d'où qu'elle vienne, foutrebleu, nous l'engloutirons.

Demande un peu aux crabes.

S'ils font les difficiles.

Petit Roux surveille nos calots envieux, plus ronds que les gros lorgnons des capelans frits. Il se prépare à nous blesser le plus possible et cette nouvelle perspective l'aguerrit soudainement. Ce qu'il rumine céans, vous pouvez l'imaginer facilement car nul se laisse mordre sans moufeter, c'est mirette pour mirette et canine pour Câline – pour autant qu'il en reste.

À quinze piges, Petit Roux connaît la recette du pugilat, il sait déjà perdre des plombes pour frapper quand il faut. Le petit gouin est point né de la dernière trombe, personne lui fera gober la lune pour un pépin d'agrume. Il replie ses gambettes et chasse la sueur dans la tignasse de sa mère.

Au pire, il les fera basculer dans l'eau, elle et lui. Faute de recouvrer la terre, ils rejoindront le plancher rocheux en formant une vraie spirale, une vis sans fin pour forer les premières strates de la carapace. L'eau salée lui débarbouillera les bajoues, il soufflera du bout des lippes des chapelets de perles pressées et tout en bas, ce sera peut-être un jardin d'agrément, une forêt de morta ou une route goudronnée comme au temps jadis, puisque vos ruines tapissent toujours le fond de l'aquarium.

Tous les abîmes ont leur socle, gabbro grenu, basalte et granite soudés à la calotte des quartz et des micas. Peu importe l'obscurité, ils iront en cuillère et le corps siamois atterrira sur le sable d'une plage silencieuse. Petit Roux excavera un joli caveau, avec des photophores gélatineux en vitrail pour asticoter la faune abyssale.

Il existe une plante, contait Câline, qui pousse dans les vastes pâtures de zostère et de posidonie. Son épine pique les pognes pire qu'un oursin, prévenait-elle, mais en l'arrachant délicatement, hop, on trouve une nouvelle vie juste en dessous – l'une de celles qui nous manquent parfois, songe le matelot d'un air absent.

Abandonner Câline, ce serait renier sa promesse et cette idée lui fait venir des larmes si grosses qu'il verrait mieux avec les poings. La chevelure de Câline lui chatouille le pif comme une plume, il lui faudrait une paluche de plus pour se frotter les sabords.

Il rehausse sa mère tant bien que mal contre son épaule, elle faisait pareil quand il était marmot, avec ses guibolettes maigrichonnes qui pendouillaient comme des penons dans la brise. Il tente de tirer sur une mèche pour poser l'occiput dans le creux du cintre, mais la nuque de Câline est trop rigide et sa caboche reste plus droite qu'une pomme de touline.

C'est comme si elle nous mirait en miroir, mordienne, la statue spectrale, avec ces vilaines babines bleuies qui lui donnent une mine bizarre qu'on évite en biaisant. Autour de mézigue, plusieurs marins flanchent déjà en fixant la crasse de leurs arpions nus sur la tôle, en caressant du gros ongle le vilain rivet qui dépasse.

Même morte, Câline défend toujours son garçon.

Je suis là, semble-t-elle.

C'est le moment que choisit Furieuse pour rejoindre l'Empereur et la troupe prudente s'écarte à son passage. Furieuse a le collet serré par le cuivre d'un collier girafe et ses membres s'échappent d'un poncho kaki, comme si tout avait poussé en étoile là-dedans. Le poing en marteau sur la hanche, elle brandit une gourde en aluminium. Héroïque pythie, belliqueuse amazone, les tattoos dodelinent sur les muscles étroits de sa tronche – sabres, serpules et gobies se meuvent à chaque contraction de mâchoire.

Furieuse est aussi grande que l'Empereur et le vent-taquin, qui déjoue ses boucles noires, s'amuse à les lui rabattre l'une après l'autre sur la face. Ainsi, la gorgone semble parfois borgne d'un côté puis de l'autre et souvent des deux à la fois. L'Empereur mis à part, c'est la seule parmi nous à être née sur la terre-ferme. Elle vient de l'archipel des Pyrénées et après ça, prévient-elle, plus rien dans ce monde pourra jamais lui tordre l'estomac.

Les orbites en cale sèche, Furieuse vomit les marins larmoyants. Faut bien comprendre qu'elle sait déjà qui vous êtes – des monstres sadiques, notice-t-elle parfois en débriefant les puits vicelards de vos geôles infâmes. Elle connaît la torture qui vous embraque mieux que la gnôle, les mutilations jubilatoires, les camps militaires pour la correction et le redressement agraire des gouins. Tout ce qui fit de vous ce que vous êtes, tout ce qui fait de vos proies d'autres vous-mêmes.

Vous pouvez bien vous offusquer et tout réfuter derrière vos miroirs fourbes, maudits Culs-terreux, je me fais guère d'illusions et mon tour viendra, j'imagine. Mais si vous m'écoutez encore, c'est bien parce que je grappille du rab en rallongeant la sauce. Et pour savoir ce que deviennent Câline et Petit Roux, il vous faut d'abord découvrir Furieuse comme nous la connaissons. L'Empereur l'a pêchée jadis sur un radeau de fortune, parce qu'elle beuglait si fort qu'on pouvait difficilement faire comme si on l'avait point vue, ça non, les brailleries de Furieuse triomphent de tous les raffuts et même les rafales acharnées font le détour pour éviter de s'emmêler les pinceaux dedans.

Ores, Furieuse se dresse en parque devant le mousqueton et la diablesse brandit sa gourde mieux qu'un sceptre pendant l'homélie. Furieuse déclare *de facto* que tout ce qui flotte appartient aux ceusses qui flottent, selon la Loi Nouvelle – autant dire que plus rien appartient à personne, désormais. Et son brame file plus loin que l'espar du *Ghost*, au ras du couvercle marin.

Elle s'est plantée devant l'Empereur et ses iris dorés brillent comme les nôtres, puisque ce qu'elle brigue, la diablesse, c'est juste la *viande* que le fiston garrotte dans ses tentacules – inarrachable. Puisque ce qu'elle désire, Furieuse, c'est le giclant de la bidoche crue, la becquetance du pain promis et le jus qui gribouille les baveuses mieux que le gras des phoques. La harde revêche hoche la caboche et Petit Roux se défile en reluquant le ciel.

Sinon c'est vous deux, ajoute-t-elle en levant deux phalanges comme un jeu de pinoches. Tu as l'air plus frais mais la cannée paraît plus épaisse. À toi de choisir, morveux.

Câline est à nous tous.

Faut la rendre, maintenant.

Et vlan, personne l'a vu venir, aspirés qu'on était par les devises oiseuses de l'Empereur, par le venin de Furieuse – pire que celui d'une raie ou d'un poisson-pierre. Au coup porté sur la tôle, on se retourne à l'unisson et le Pacha nous toise depuis le gouffre de ses globes, les joues plus creuses qu'un bol à bouillon vide.

Il fait peur à voir, notre vénéré patriarche, une barre à mine lui sert de bâton de vieillesse, on la devine à l'échancrure de la courtepointe qui l'emmitoufle. C'est bien elle qui vient de faire ce bruit terrible en retombant lourdement sur le pont métallique. Une explosion, pire qu'un tonnerre de saison chaude.

Foutez-lui la paix, crachote-t-il simplement, pour abattre d'une traite la jactance du bosco et le culot de la walkyrie. La parole apaise la faim et calme la colère, comme on dit par chez nous. Allez ouste, c'est ce qu'il ordonne en postillonnant comme un puits de dérive, notre malheureux Pacha. On sait bien qu'il choisit soigneusement les syllabes pour limiter la crue, on devine qu'il évite les frappées, les spirantes et tout ce qui fait zozoter la moucharde empâtée – celle qui cherche *touzours* le souvenir des incisives. Puis il se tait, pile au moment où la drache commence à tomber dru. En cinq sec, le torrent ripe comme la pisse ou le sang entre nos patins nus.

Nos nuits sont jamais sèches.

On les rince jusqu'à l'aube.

Une drôle d'agitation s'empare alors de l'équipage qui s'active pour carguer les dernières voiles, pour grimper dans les enfléchures des haubans, pour se grouiller de ranger sous les tauds la lingeaille éparpillée. On rentre prestement la boucane mise à sécher depuis le matin et le fourbi coutumier qui encombre le pont. Pour ma part, je descends farfouiller le foyer sous mes faitouts mais je profite néanmoins du grand hublot de la cantine pour continuer à épier le pont. En vigie, le gabier Courbevoix verse l'huile de baleine dans la luciole vitrée du feu de position.

On se démène comme chaque soir et pourtant on lorgne toujours l'étrave, le moutard et sa mère figés contre l'étai du *Ghost* – des fois qu'on raterait le spectacle.

On s'active avant que la sorgue soit complète et que la mouillante s'aggrave, afin de régler au mieux les gouttières et les rigoles. On sort les baquets vides sur les ponts pour cueillir l'eau douce de l'aiguade, il y a toujours des écuelles et quelques loques sales à rincer pour la forme – puisque mouillé c'est lavé et puisque sec c'est propre. Les premières loupiottes agitent leurs paupières, l'odeur de la graisse brûlée couvre celle de la flotte et les godets sont remplis de citronnade, pure ou diluée selon la fonction de chacun, puisque plus vous servez et plus on vous sert, dans l'ordre sociétal.

La marmaille court en esquivant les beignes et les plus grands fouinent déjà les recoins du cargo, en quête d'une planque protectrice pour supporter le cadran noir. Sur notre vieux rafiot, corbleu, les croquemitaines sont nyctalopes et la fleur de poisse ramifie le long des courtines ténébreuses.

Le *Ghost* barbote sous les trombes, la mare semble toujours trop grande pour lui. Devant le gamin, il reste plus que l'Empereur et Furieuse. Le Pacha béquillard se tient un peu à l'écart, il déguste la saucée en courbant la nuque – on verra ça demain, blèse-t-il en empannant pour rejoindre sa cabine. La canne de quinze livres fait de nouveau sonner le sol comme une cloche fendue et le grondement court sur les baux, inonde la jauge et descend la structure mieux qu'un frisson fiévreux.

L'Empereur hausse les galons et s'éloigne lui aussi, son trilby disparaît en grelottant dans l'arrondi d'une porte coursive. Passe de cape impériale, qui risquerait un putsch pour si peu de *viande* ?

Personne.

Le petit poulpe borné emmaillote toujours sa dépouille tandis que Furieuse hésite – sa gueule s'ouvre puis se referme sur un rictus glouton, avec juste une pointe pulpeuse plantée entre les ratiches. La flotte lui ruisselle sur la tronche et sa tignasse charbonneuse s'entortille aux biceps. Elle est aussi terrifiante que gironde, la bougresse, les gus qu'elle se glisse dans l'entrecuisse ont le réveil piteux et des bleus qui durent plus longtemps que les autres. Ses longues échasses compensent le roulis du cargo tandis que son buste reste immobile, les talons soudés à la tôle et les pupilles bien vissées dans le nerf invisible.

Elle cogite en sifflant deux lampées de gourde, puis elle gaspille jusqu'aux dernières gouttes pour remplir d'acide les petits cratères du pont vérolé. Elle présume qu'il basculera dans la baille, Petit Roux, si elle avance d'un pouce vers lui. Elle sait aussi que la chair de Câline sera bientôt plus comestible, une fois que les bactéries auront fructifié dans le buffet. Elle admet surtout que la parole du Pacha fait loi sur le *Ghost*, quel que soit le contexte.

On voit bien qu'elle est fort déçue.

C'est fini, marmiteux.

Tu peux souffler.

Surtout, reste bien éveillé.

La mer est jamais basse.

Furieuse offre une grimace au moussaillon transi – cileuse à souhait, mielleuse ondine. On peut s'amuser des mouches qui naissent des vers, commente-t-elle, mais c'est quand même triste de la laisser chancir pour des praires, la femme de Loth, alors qu'on aurait pu réveillonner son départ. Dans le respect, ajoute-t-elle prestement. Plus tard c'est toujours trop tard. Perdre c'est gâcher, demain tu regretteras.

Serre-la bien, ta chère chiffonnée, tous les matafs t'en veulent et la mémoire niche toujours au creux des bides.

T'es un con de paria, Petit Roux.

Un vrai cagou.

Elle fait claquer ses crocs, la femelle du requin, et le moussaillon la regarde s'éclipser en expirant. Maintenant qu'il est seul avec Câline, il se demande ce qu'il va bien pouvoir bidouiller pour les sortir du pétrin.

La tension retombe, des bulles de tourteau lui pendouillent en grappes sous le menton mais il a tenu bon, c'est déjà ça. Il en profite pour décoller son dos de l'étai, déplace le buste maternel, cherche un appui plus confortable pour ses membres endoloris. Ma pogne à trancher qu'il doit se geler les roustons malgré l'élastomère qui le corsète, ses phalanges sont presque aussi froides que celles de Câline mais elles s'articulent encore.

Depuis la buée des hublots, on le voit dégorger mieux qu'une morue dans la saumure et ça fait pitié, ma parole, de reluquer le loupiot rencogné à l'étrave. On est peu fiers de nous, on s'esquive furtivement dans les coursives en prétextant des trucs à faire. Les gamelles du ragoût d'aiglefin à l'ogonori me reviennent en catimini pour s'empiler sur le plan de travail – difficile d'avoir le cœur à l'ouvrage quand on a la caboche en vadrouille. En règle générale, l'équipage s'épaule et se tient les coudes, car les marins sont tous frangins au Royaume de l'Eau. On s'engourdit les uns contre les autres dans le gras puant du vieux cargo, on se laisse bercer et on la boucle en guettant le retour de l'Astre.

Fanfarons et fiers-à-bras font profil bas.

Tout doux, tout doux moussaillons.

Quand les tempêtes font pleuvoir le malheur, entre dans le bateau et ferme bien l'écoutille, nous professait l'Empereur en exhibant le siponcle d'un index. Faut se méfier de l'eau qui mouille comme de l'eau qui noie, quiconque vous le dira. Huit plombes de sieste et des loques bien sèches, voilà ce qui rebute le scorbut. Les tôles disjointes grincent et claquent, la petite grêle picote les nerfs et le cadran révolu rebelote rarement.

Surtout, garde-toi bien de ramollir, grondait Câline, la Camarde distribue ses asticots.

Méfie-toi du froid.
Sèche tes larmes.
Torche ton reniflard.

Le merlan craint l'air et le matelot craint l'eau, Petit Roux le sait sur le bout des haricots. La peau du marin vaut moins que son caban, c'est ce qu'on proverbe sur les passerelles et si Câline pouvait encore parler, c'est ce qu'elle lui dirait tout de gob – rentre vite, ma daurade, évite la drache et confie-moi aux poiscailles plutôt qu'aux brouteurs d'écume. Va mendier de quoi bonder ta panse, fais-toi oublier pour un laps et demande pardon les palmes bien ouvertes, sans jamais hausser le ton. Flatte l'Empereur et va jouir contre le fourreau de Furieuse, puisque la bordelière vaut dix couvertures. La chaleur de la meute, en fin de compte, c'est la seule chose qui te protégera.

L'eau douce perce la toile graissée de la parka, sinue jusque dans le boléro et Petit Roux la sent rincer l'urine le long de ses guiboles. Tous les hublots du cargo chevrotent du même lumignon cireux. La teigne hausse ses vagues, le barouf du ressac vient battre la muraille et plus haut, derrière les chambranles de la timonerie, le gamin devine l'Empereur et Furieuse qui le reluquent en sirotant un godet de nori, en fumant une pipe de caulerpe.

Il imagine leurs trognes sévères, la grise mine des grimaces en ralingue face au banquet qui les nargue, à l'appât du fricot impalpable.

Petit Roux ravale sa bile, il bâille et hoquette à s'en fendre les quenottes. Jamais jusqu'à lors il s'était senti seul à ce point et pourtant, faut dire qu'il était bien seul aussi, quand Câline s'éclipsait sans prévenir.

C'est une vieille histoire.

On la connaît tous.

Petit Roux devait avoir cinq ou six ans, il glandouillait devant la cabine du Pacha en attendant que sa mère en sorte – elle y était depuis des lustres. Et quand la lourde s'ouvrit enfin, il la vit nue comme morte sur le paddock du barbon. Le Pacha, drapé dans une sorte de tourmentin râpé, souriait en se grattant la coquille dans l'encadrement. Petit Roux se sentit ballot, sans savoir trop quoi faire, et le Pacha prit la pose avant de demander au mouflet qui, de la mer ou du ciel, serait le miroir de l'autre. C'était comme une énigme et l'enfant répondit aussitôt la mer, pardi, puisqu'il pouvait se voir dedans. Le Pacha grigna et trancha juste avant de l'envoyer paître. Alors la mer te ment, mon garçon, tu devrais mieux regarder le ciel.

⚓

Tous les hublots sont éteints et Petit Roux fait toujours figure de proue avec sa poupée plantée dans les pattes. La mouillante arrose tambour battant et à ce rythme, ma parole, il camperait plus au sec en plongeant à la baille. La capuche craquelée de la parka verse l'eau douce en gouttière sur Câline, sur les rives cartonnées de son bec entrouvert – bientôt elle en sera pleine.

Sans vouloir spéculer, le petit mousse doit mouliner pour trouver une échappatoire au cul-de-sac qui les cadenasse. La seule chance de vaincre, parbleu, c'est bien souvent la fuite. Qui oserait le suivre, quand l'air devient plus sombre qu'un trou ? Personne. Un chinchard vivant vaut mieux qu'un requin mort, renchérirait Câline.

Le gamin s'est décidé à rejoindre l'armada, la sacro-sainte Étoile du *Ghost*, la resserre de notre harde, le magot amassé de nos butineries – notre île flottante, si vous préférez. Une bouée-tonne ancrée par une chaîne si longue que nul tiendrait le souffle pour descendre jusqu'au bout les vingt maillons perdus sous les jupons profonds.

Encore faudrait-il pouvoir l'atteindre à la fraîche, sous la drache et contre le jus du courant qui pousse obstinément tout ce qui flotte dans le même sens. Je vous épargne le crobard, vous déduirez le dilemme. Tout ça sans jamais pouvoir compter sur la lune, qui reste cachée derrière le magma nuageux même quand elle est pleine. La moucharde, comment dire, c'est comme les comètes ou les astérisques, ça existe plus que dans les imagiers de l'Empereur et ce qu'on se coltine, nous autres, dès que le crépuscule rapplique, c'est surtout le coaltar des cumulus et le joug pesant de la coupole. On se projette guère plus loin que le bout du pif, on tâtonne en longeant les cloisons.

Mais le pire devient soudain le mieux, pour Petit Roux – c'est jouable, marmonne-t-il en soufflant pour chasser l'eau fadasse, en caressant la tignasse de sa mère. Voyez l'ombre de Kairos battre des ailes à l'entour, c'est le bon moment pour agir puisqu'on les abandonne sans même surveiller ce qu'ils font. Jouable, mettons, comme un dé à qui on demande des combinaisons impossibles.

Un quatre, un deux, un as.

Toujours sur la même piste.

En admettant qu'ils parviennent à rejoindre l'armada, le petit mousse devra encore y choisir un voilier convenable pour cingler au portant jusqu'au corbeillard du Toubib. On la connaît bien, parbleu, la bourriche palliative, on y est allé plus d'une fois avec nos vérolés, nos béquillards, nos tubards et nos malingreux en fin de course. Depuis le giron maternel, Petit Roux fomente les trois étapes de son plan – rallier le point fixe au nordé, trouver le Toubib pour qu'il fasse ce qui faut et enfin fouiller les petits-fonds pour dénicher la jolie jardinière de Câline.

L'Eldorado, c'est juste les contours du trou.
La suite compte pour du leurre.

Ça semble simple, ma foi, mais le problème majeur c'est bien de rejoindre l'armada. Weiss jure que la bouée-tonne est crochetée au clocher d'un lieu saint – on ignore quand, on ignore pourquoi, on ignore tout des ceusses qui l'ont mouillée là bien avant qu'on y soit. Weiss nomme la bouée Saint-Sauveur, elle nous montre le repère sur une vieille carte qu'elle déplie parfois pour y poser l'index. C'est là, assure-t-elle avec l'ongle qui fait son trou. Il y a bien une croix mais ça pourrait être tout autre chose. Le clocher protège notre chaîne de la rouille et des tempêtes et Sa Sainteté bénit notre petit port de plaisance, corrobore Cassandre, l'oracle du *Ghost*.

Faut voir comment nos épaves flottantes sont amarrées au coffre, faut voir tout le bastringue qui compose nos réserves. Notre bien commun, c'est du bris de surface principalement – tout ce qu'on glane avec le poisson du jour qui gardera le goût du plastoc, même après avoir bouillonné des plombes dans ma cocotte.

Bisque et rouille.
Carcasses concassées.

L'armada est un archipel dispendieux, fanfaronne l'Empereur, une barge de séchage pour la cristallisation du sel et une autre, plus haute de trois coudées, pour le substrat précieux des citronniers. Les deux bélandres sont jumelées entre elles par de grosses aussières pelucheuses et reliées au coffre avec des gardes croisées qui crissent au passage de la houle. Derrière elles, il y a le fuselage galbé d'un long cotre et une autre coque, plus massive cette fois, en acier vert-de-grisé. La ferraille exsude son pus et les petits organismes mutants s'accrochent aux structures pour gober un brin d'air plus pétillant. Derrière encore, il y a la vedette *Corinthe*, le mousquetaire *Slangevar* et le fifty *Balthazar* en queue de chapelet.

Selon les vents et selon les courants, la ribambelle fait le rayon de la zone d'évitement. Une onde, comme un huitième cercle à la surface des eaux. Celui de *Malebolge*, mythonne l'Empereur à qui veut l'entendre, celui où seront punis les séducteurs des coursives et les flatteurs ondins, les sorciers maléfiques, les simili-prophètes des oracles en toc, les faux culs hypocrites, les chapardeurs et tous les tricheurs qui peuplent la Mer-océane.

Ça fait du monde, sur la pelouse.

L'armada est notre seule fortune, c'est pourquoi on la chaperonne bec et ongles. Même moribonde, tenez, une petite escadre vaut toujours mieux qu'un vaisseau solitaire. C'est notre cantine d'algues sèches et de polystyrène, notre échafaud de planches, la resserre des tissus et des bâches, des phtalates fanés, des jerricans fendus et quoi d'autre encore ? Du gras de phoque, des pots de peinture percés par le sel et je vous passe l'inventaire complet de tout ce qu'on peut glaner, dans le sillage des cyclones, grâce aux tapis roulants des courants d'ici-bas.

On boucane juste les miettes.

Petit Roux doit réfléchir à présent. Le déluge glisse entre ses lippes mieux qu'un jus d'agrume et depuis mon hamac, derrière le hublot noir, je l'imagine mollir du cintre en desserrant peu à peu son étreinte sur Câline. Il crobarde son évasion avec les rêves d'une mère endormie, le matelot sans navire.

Notre cargo pâture jamais très loin de l'armada mais il s'en méfie quand le vent-retors menace de l'envoyer contre. Sitôt que le cadran noircit, on prend nos précautions pour éviter la collision en affalant toute la toile, en déployant l'ombrelle conique de l'ancre flottante. Le *Ghost* se laisse dériver sur une poignée de milles et revient au point du jour, poussé par le noroît, pour couver son magot et le protéger des forbans.

C'est le train-train routinier, on s'y agrippe mordicus. On ferait quoi d'autre, quand bien même on aurait le choix ? Il rumine, Petit Roux, la bravoure procède du sang mais l'audace vient de la pensée – seuls les poltrons capitulent.

À la poupe du *Ghost*, il y a bien deux canots à misaine toujours prêts à partir, mais chercher l'armada au doigt levé reste plutôt rocambolesque. Quant à barboter l'un des youyous, il fera mieux de voguer loin quand l'Astre se lèvera, car la colère de l'Empereur sera spectaculaire.

Détruis ta maison, construis un bateau.
Prophétise le présage.

Au mitan de la sorgue, c'est clair qu'on pionce tous dans la touffeur crasse du cargo. La meilleure part de nos vies, en définitive, c'est bien celle qui use le fond de nos paillasses. La rincée finira comme toujours un peu avant l'aube, avec les ponts luisants et le halo brumeux des roses bleutées dans les buissons métalliques.

Petit Roux se redresse lentement, le barouf du flot reste sa meilleure couverture pour tenter quelque chose – entre clamser maintenant et clamser plus tard, vous choisiriez quoi, vous autres ?

Il repousse délicatement le corps de Câline, comme s'il s'excusait du dérangement pour aller pisser par-dessus bord. C'est qu'elle est lourde, foutrebleu, la bidoche est plus dure que le bois qu'on ratisse dans l'écume. Quel fils porte sa mère, l'œuf ou l'esturgeon ? Et comment oublier la moiteur des étreintes, la volupté des caresses, les sanglots versés aux creux des clavicules ? Comment effacer les ritournelles, soufflées si doucement qu'elles gainaient la flamme au bout de la chandelle ? Passons. Petit Roux la porte à présent, sa reine, il la hisse, la traîne et se redresse pour scruter les coursives, pour vérifier que personne les surveille. Sa mission est un défi, une bravade à deux algues. Il étend Câline en prenant soin de laisser les guiboles saillir du bordé, juste au-dessus de l'étrave. C'est le préambule au plan qu'il vient de concevoir.

Aux chevillons bleuis, il noue une bosse en attrape de quatre brasses qui pendouille contre la muraille.

Je reviens.
Prévient-il.

Câline est étendue sur le pont, les menottes capelées sur la panse et les arpions en éventail au-dessus du vide. Petit Roux se déplie péniblement, il doit encore faire jouer les muscles et les charnières pour parvenir à trotter droit. Ben mon bonhomme, faut l'imaginer traverser les deux cents pieds du *Ghost* comme une baderne grippée, sciée par le ceinturon.

Soldats d'élite du vent divin, chantait l'Empereur pour flatter ses gouins – et puis quoi ?

Dans l'obscurité rincée à grands seaux, Petit Roux va prudent puisqu'un pas de jour vaut deux pas de nuit, selon les gabiers des mauvais quarts. La luciole en vigie garde son halo pour soi-même – vue d'en bas, on dirait l'Étoile magique, à peu de chose près. Il marche penché sans vraiment pouvoir faire autrement, longe le pavois à petits petons, s'accroche aux saisines, évite le corail de l'acier et les napperons gras, les tôles gondolées ou les rivets scalpés sur lesquels chacun laisse ses pompons de chair fraîche.

Le mousqueton volette comme un souvenir de mouette et ses palmes nues flappent moins fort que la flotte contre la ferraille.

Passé le beffroi du château, il se retrouve face aux canots jumeaux suspendus à leurs palans réciproques. Deux issues, parbleu, quand il fait besoin d'une. Le petit mousse inspire et souffle en vaporisant à vau-l'eau. Faucher une barque sans larguer l'autre, c'est se tirer un harpon dans les arpions, mais priver le *Ghost* de catboat, voyez-vous, c'est tragique pour tout l'équipage. Le vieux cargo est trop haut pour la pêche aux débris, trop godichon aussi pour fuir ou combattre quand il faut. Trois mâts et vingt voiles vous changeront jamais le mastodonte en espadon. Et pour ménager qui, je vous le demande ? Des frères atrides, des branquignols qui pensent qu'à béqueter Câline.

Le mômillon ôte précautionneusement les tauds pour inspecter les canots. Tout est en ordre, comme de juste, puisqu'on les bichonne mieux que des amulettes, nos coursiers de régate. Les voiles sont bien ferlées sur les livardes et les boiseries huilées restent impeccables. Dans les coffres, il y a de quoi pêcher et de quoi se battre s'il le faut. Chaque flotteur possède son arc, une arbalète, quelques pieux et de grandes lames taillées en sabres d'abordage.

Petit Roux s'ébroue et sectionne les câbles de l'ancre flottante en deux coups de machette, ouste, le *Ghost* dépalera tandis que le catboat remontera le courant. Foin de dérobade, le filin file en sifflant dans l'écume assombrie et il est trop tard déjà pour faire machine arrière.

Le matelot s'arcboute pour déjouer le premier palan du taquet. Même si le va-et-vient réduit la charge, il doit sentir la peluche du garant lui cramer le creux des paumes et malgré le vacarme des vagues et du vent, le cliquetis des poulies sonne le tocsin dans le noir.

Le monstre en métal fait craquer ses doigts.

Le catboat glisse contre l'étambot avant de s'effondrer dans une gerbe lumineuse et le gamin bascule aussitôt par le franc-bord pour rejoindre la coque de noix. La chute est brutale – vingt pieds au bas mot. Il lui faut un laps pour accuser le coup et un autre encore pour se masser la pampine et vérifier qu'il a rien de cassé. Il sectionne le dernier brin juste avant que le ressac le retourne sur place. L'arrosoir rogne les nuances entre la flotte et la rouillasse grenue dans laquelle il vient buter.

Le catboat cogne et recogne comme le maillet d'un gong, le petit mousse esquive les chocs en fléchissant les échasses, comme ça, avec le corps qui vrille et se contorsionne en toupet de poulpette.

D'une main la barre, de l'autre la voilure, il gère la drisse et l'écoute et la baille qu'il embarque dans la gîte.

Vu d'en bas, comment dire, ça semble toujours plus haut que vu d'en haut. Le catboat monte, descend, remonte et redescend encore pour léchouiller le tablier stoïque du *Ghost*. C'est miracle qu'on l'ignore depuis nos bannettes sédatives, miracle qu'il s'en sorte malgré tout, notre moussaillon plus trempé qu'une bestiole sous-marine. Avant de partir, il a bloqué le palan du canot inutile en torsadant à l'arrache des brins de ferraille entre les joues des poulies – à tenir ce que ça tiendra, c'est déjà du bonus pour la suite.

Ben mon bonhomme, on peut penser ce qu'on veut mais le petit bâtard sait y faire – il a guère la pogne pleine de pouces, comme on dit par chez nous. Il lui reste plus qu'à récupérer Câline avant de déguerpir, mais une fois sur l'eau, dans le chahut et sous les cataractes, c'est une autre histoire pour rejoindre la proue du cargo. Le vent s'y prêterait s'il baissait d'un ton. Ma pogne à trancher qu'il bougonne devant la Mer-océane, Petit Roux.

Ravale tes vagues, ribaude.
Et retiens ton flot.

Le catboat fluet dépasse le *Ghost* en trombe, bien décidé à poncer la muraille. Le gamin dégourdi vire debout, empanne en soulevant la bôme et lofe dans la pèlerine du ressac. Encore du vacarme et toujours rien de suspect sur les passerelles détrempées. Il devine les petons gris de Câline qui dépassent du bordé pour l'appeler au secours et le cordage trop court le nargue en pendouillant depuis le bastingage. Les longues lames noires font coulisser le bouchon, elles ripent entre le canot chétif et la paroi dure du cargo. Parfois même, elles explosent en ravinant des cratères crépitants.

Nulle part rien d'immobile.

Le matelot hisse un brin de misaine pour gagner de la vitesse, puis il laisse tout retomber afin de juguler sa glissade. Trop court ou trop loin, faudrait pouvoir piler des deux talons. Fatigué d'essayer encore, il ferle la voile avant de s'emparer de la rame pour commencer à godiller, comme ça, pour venir au plus près en spatulant une suite sans fin de huit parfaits dans les grumeaux bouillonnants.

Le vrai courage, c'est celui des plombes noires, pipotait l'Empereur pour galvaniser les tire-au-flanc et les envoyer grimper sous les trombes. Toujours prompt à balancer ses coups de latte, sézigue, toujours à brailler que la marmaille, corbleu, c'est comme les bateaux – ça se gouverne par l'arrière.

Il rame, Petit Roux.

Faut dire aussi qu'il râle.

Les gabiers sont rois dans la mâture, sachez-le, leurs tenailles s'agrippent aux agrès comme à des lianes. Et lorsque le mâtereau oscille enfin à l'aplomb du cargo, le gamin l'escalade d'une traite. Ballotté au bout de sa perche, il tend la nageoire pour enfin crocheter la bosse qui rague contre le *Ghost*. Il doit recommencer maintes fois, tant les remous s'acharnent à contrer ses calculs.

Sitôt qu'il caresse le bout du nylon, vlan, voilà qu'une nouvelle vague l'éloigne ou le rabat d'une claque contre la tôle. Il fait l'épissure, Petit Roux, l'écorce du bois. Les pattes nouées au mât, il attend l'intervalle suffisant pour s'y remettre et c'est peu dire qu'il voudrait crier pour que Câline l'aide un peu.

Les muscles tétanisent, le froid fige et fatigue. Le matelot se démène en cherchant son souffle, en vomissant des citernes toujours pleines. C'est guère le moment pour pêcher la sardine, ma parole, le sabord est plus étroit qu'une meurtrière. Le petit mât trace toujours ses ronds en l'air et quand il vient enfin au plus près du cordage, Petit Roux se délie et bondit.

Une frappe de squille.

Mieux qu'un ressort comprimé.

La chenille vertébrale s'allonge, se courbe et les griffes se referment enfin sur la remorque de Câline. La carcasse glisse au ralenti, le catboat s'écarte en oscillant et quand le fils et sa mère dégringolent, c'est la baille qui les gobe cul sec. *La chute sans fin d'une nuit sans fond*, dirait je sais plus trop qui, mais c'est sans importance.

Malgré la douleur et malgré le froid qui chicotte, il faut faire vite maintenant. Petit Roux tire sur le nylon pour rapprocher Câline tandis que l'*abyssus abyssum* les siphonne, tandis qu'il les entraîne là où seules les chimères vont. Le môme brasse le ressac pour rejoindre le catboat – car perdre le canot, pardi, c'est tout perdre pour de bon. Et comment remonter la pierre ponce du *Ghost*, je vous le demande, avec juste dix ongles et des coussinets en cuir de brouette ?

C'est peine perdue, laissez choir.

Le petit mousse éructe dans les creux, disparaît sous les crêtes, enchaîne les apnées. Reste encore à recracher le rush, avec tout ce que la bile bassine quand elle demande à sortir. Nous autres marins, on en rêve sur nos couchettes quand on gémit qu'on coule, quand on suffoque en se débattant comme si nos cabines faisaient le plein à ras bord.

On papillonne sans jamais se poser.

Et Petit Roux barbote, frétille, gesticule pour fouiller le clapot à grands coups de nageoires. Il tâtonne sur le bois du canot jusqu'à s'y cramponner enfin, en soufflant comme un évent, en s'ébrouant et badigeonnant à tout-va. Savoir le *Ghost* déjà loin lui redonne ce qui lui faut de force pour se hisser d'une patte puis de l'autre, sans jamais lâcher la gueuse gonflée par les gaz qui stagne entre deux eaux. Il lance une guibole par-dessus le liston du catboat et se contorsionne aussitôt pour rouler dans le fond. À peine relevé, il tire déjà sur la ligne pour récupérer Câline et la hisser à son bord.

Dégoulineux, le fiston lui papouille la joue avec les paluches fripées d'un vioque.

T'inquiète.
Petite. Mère.
Je. Suis. Là.

⚓

Bon, ça fait des plombes maintenant que je vous cause, une éternité à débagouler bien sagement comme vous l'avez exigé au commencement, quand vous m'avez sorti du cachot pour me trimbaler jusqu'ici. Quand vous m'avez cadenassé dans ce bocal sans hublots, sans même une gourde, un urinal ou un bassin pour tartir. Quand vous avez grésillé dans le haut-parleur, juste au-dessus de ma calebasse, qu'on allait tout reprendre depuis le début – par le bout de l'aussière, comme ça, pour bien tout lover et bien tout mateloter ensuite comme il faut.

Et soudainement, je crains que mon attente soit en proportion du malheur qu'elle prépare. Notez que c'est nullement par envie d'en finir au plus vite, en ce qui me concerne, mais plutôt dans la perspective que tout se déroule pour le mieux.

Nous vous écoutons, prétendiez-vous.

Désormais, j'aimerais m'asseoir si ça vous fait rien – vous m'entendez ? J'aimerais béqueter un en-cas et même siffler quelques lichées de flotte doucerette, sans trop vouloir vous défriser. De l'eau-de-vie ou un simple jus de biquette, je suis moins bégueule que vous semblez le croire. Même si je sais que vous le permettrez jamais, harpagons et fesse-mathieux que vous êtes, même si je devine le malin plaisir que vous prenez à me voir entravé, morfaleux, desséché, quémandeur et moins que rien. Vous m'épiez sous toutes les coutures comme un animal de foire, un hareng de laboratoire.

S'il vous plaît, disons-le amicalement, pour rester correct et bien me faire comprendre. Les Fruits-de-mer se conservent au naturel, c'est la seule recette valable et faudra bien l'admettre si vous voulez tout piger sans trop vous perdre.

J'ai parfois la boussole qui valdingue et les guiboles qui flagellent, voyez-vous. Pour énoncer les choses comme elles viennent, je danse le chahut mieux qu'une coupelle d'anémomètre. La barbaque des gouins regimbe sur vos chappes immobiles et la cellule où je palabre est un trampoline dont vous ignorez tout. Nul peut cesser d'être marin du jour au lendemain, c'est point sorcier, vous devriez le comprendre.

J'essaie de bonne grâce, je vous le jure, mais j'ai le compas qui s'affole et la carène plus lourde que le lest du *Ghost*.

J'aimerais vous y voir, vous autres, dans le berceau d'un fond de cale par grand frais et mer grosse. La lumière blanche des plafonniers me fait boiter des calots, elle perce la membrane pire que le falot des baudroies. Sans pouvoir vous reluquer, je devine que vous êtes toujours là, confortablement installés derrière vos parois silencieuses. Vous sirotez vos breuvages en douce, vous bayez aux juliennes et vos arpions font l'éventail tandis que je m'échine à vous mâcher le travail. La fourberie déformante du miroir espion en dit long sur vos méthodes d'écumeurs, sur vos truqueries d'arnaqueurs.

Vous m'entendez ?
Répondez-moi.

Je dépose humblement, voyez-vous, je témoigne sur l'honneur de ma race avec l'agrément solennel des grimoires de l'Empereur. Vous devez bien l'admettre et reconnaître que vous tenez là un palabreur de première classe – un athlète du bavardage. J'informe et je coopère, comme vous l'exigiez au début de l'affaire. Moi, Blaquet, je corrobore docilement toutes vos intuitions et j'attends mon petit *satisfecit*, comme qui dirait, pour pouvoir continuer à vous conter l'incroyable odyssée de Câline et Petit Roux sur la Mer-océane.

L'histoire débute à peine, vous pouvez prendre vos aises comme j'aimerais prendre les miennes. Je sais aussi ce qui adviendra, mordienne, si je m'interromps tout de gob, puisqu'il y a eu tous les autres moribonds à défiler bien avant moi dans cette geôle et puisque la mansuétude et la compassion, à ce qu'on raconte, c'est loin d'être ce qui vous caractérise.

Un confort minimum favorise la vertu.

Pour trouver sa récompense.

Qui veut aller loin ménage son gréement, comme on dit par chez nous. Une chaise, au minimum, pour limiter la chancellerie – notez-le. Un godet arasé jusqu'au goulet, auquel vous ajouterez un filet de maquereau cuit dans le jus d'un citron mûr, voilà bien tout ce que je requête à présent. Et pouvoir retrouver l'étouffoir paisible de mes petites habitudes de coq, par-dessus le marché, avec mes mouvettes calcinées, mon coupelard éprouvé, ma cambuse poissonnière et la maïence empestée pour mitonner le rata du jour. Le dos au feu et le ventre à table, on a jamais trouvé mieux depuis la friction des silex. Et reprendre mon écritoire, bien entendu, puisque je suis aussi l'officier de plume – celui qui tient les écritures du bord, la comptabilité de la provende et le registre des décès du *Ghost*.

C'est moins que la mer à boire, tenez, juste de quoi s'asseoir et grailler sur le pouce, pour enfin savoir ce que vont devenir nos deux bourriques errantes.

Vous m'entendez ? C'est point bézef, ma parole, pour boucler le dossier qui nous concerne et vous disculper de l'assaut sanglant du *Ghost*, autant que faire se peut.

En vous remerciant.
Et tout et tout.
Allez vous faire foutre.

[PIÈCE 88 – SÉRIE C – 88.1840C/VH]
Victor Hugo, *Oceano Nox*

Oh ! combien de marins, combien de capitaines /
Qui sont partis joyeux pour des courses lointaines /
Dans ce morne horizon se sont évanouis ! /
Combien ont disparu, dure et triste fortune ! /
Dans une mer sans fond, par une nuit sans lune, /
Sous l'aveugle océan à jamais enfouis !

[PIÈCE 89 – SÉRIE C – 89.1873C/TC]
Tristan Corbière, *La Fin*

Eh bien, tous ces marins – matelots, capitaines, /
Dans leur grand Océan à jamais engloutis… /
Partis insoucieux pour leurs courses lointaines /
Sont morts – absolument comme ils étaient partis.

Parfois la mer chansonne, ça serre un brin les tripes parce qu'on jurerait que les flonflons cotillonneux des guinches et des bastringues du temps jadis remontent à la surface. La houle lamente et le melon des lames module la fréquence en sourdine, comme la ventouse en caoutchouc de ma plonge quand le gras bouchonne dans la bonde. On romance les sirènes, on connaît le blues baleinier des bossues qui font les divas du côté des lignes froides – les pépiements du monde perdu éclosent joyeusement des bulles parsemant la plaine. C'est le présage des phylactères, susurrerait Cassandre avec ses sempiternelles simagrées. Dans le marc d'eucaryotes, on cherche à deviner ce qui rapplique avec les marées et faut avouer qu'on est rarement rassurés par ce qu'on lorgne à l'entour.

L'air et la liberté.

Parfois aussi elle la boucle, la mer-supérieure, et le vrai silence, c'est lorsqu'elle retient sa respiration trop loin, trop longtemps. On se demande alors quand elle va relâcher tout ça, on s'inquiète de savoir comment elle réaménagera ses alpages après la fureur du dégorgement.

La seule perspective convenable pour les abonnés au guignon, c'est une vague après l'autre, toujours dans cet ordre-là. Pour y piger quelque chose, faut souvent s'y reprendre à deux fois et d'après Petit Roux, chaque chose dans ce monde devrait être regardée comme ça.

Au plus près du plus loin.

Pour autant que je sache, notez bien, puisque dorénavant je me borne à combler les trous du périple, puisque je recouds les étapes pour que vous puissiez l'imaginer à votre tour. Depuis qu'ils ont quitté le *Ghost*, le matelot et sa mère, j'essaie de satisfaire votre curiosité en disposant rigoureusement les événements dans le bon ordre, les uns derrière les autres. Je vous rapporte juste le déroulé tel que Furieuse nous l'a raconté bien plus tard, quand on a fini par la repêcher sur le fifty de l'Empereur. Et tout ce qu'elle savait, la harengère, c'est ce que le gamin lui avait confié au plumard – du premier choix, pardonnez du peu.

Vous pouvez me faire confiance pour reconstituer la guirlande, je sais de quel bois sont faits les corniauds du *Ghost*. Je l'imagine bien mieux que je vous vois vous autres, Petit Roux, dans son canot de fortune. Reniflard et chevrotant, surfant sur la mer-immense. Je déduis sans peine le poids de la sorgue et la fureur du flot, en quelque sorte c'est comme si j'étais vraiment auprès de lui. Je subodore qu'il est triste et joyeux à la fois, comment cela pourrait être autrement ? Il ferle sa tignasse, étarque les béquilles, se dérouille les rotules ou se léchouille les peaux mortes sans plus personne pour le consoler, pardi, sans plus personne pour lui adoucir la carcasse.

Même la flotte lui pisse au visage.

Le catboat fend le flot, le safran bien serré entre les cuisses et le bec hérissé de belles bacchantes. Le *Ghost* est déjà loin, tout l'équipage pionce à poings fermés tandis que le cargo désancré dépale avec le courant de la nuit. De quoi multiplier les encablures et nous tenir à distance pour un bail, puisqu'une lieue de gagnée pour les fuyards nous en fera toujours deux à rattraper. Le gamin peut bien triompher et se débiner en charriant notre fatras de trinquettes, misaines, cacatois, perroquets, brigantines, bonnettes et *tutti quanti* – qui changeront que dalle au final.

C'est miracle de pouvoir voguer seul avec Câline, miracle de pouvoir pâturer de bon gré sans amarres, mieux qu'un amiral de pacotille. Il aimerait bien voir nos trombines au réveil, quand sa forfaiture sera découverte. Avec nos paupières de muges soudées par le sommeil, avec le barouf du gros gouvernail dont les drosses tirent d'un côté puis de l'autre, avec la grinçaille de tous les diables et les couineries et les cornements pernicieux pêlemêlés en volées de tocsin.

Une chanson vaut dix hommes, affirmait Câline. C'est pour ça qu'il chansonne à présent, Petit Roux, tout comme l'océan bêle et moutonne.

Et dans le soir tombant
Assis sur le gaillard d'avant
Je te revois la belle
Pleurant sur le bord de ton lit.

Porté par le bois fragile, il tient la barre fermement et peaufine à l'écoute l'ouverture du peu de toile tendue par la livarde. Le vent-rageur le conseille et l'étrave déchire la carte en deux parts égales comme une lame pied-de-mouton. À force de mal, songe-t-il, tout ira bien. Et sa voix chevrote aux refrains quand il chante *le lit*, quand il chante *la belle*.

L'Empereur brame qu'on doit suivre sa chance jusqu'au fond de l'eau. L'Empereur baratine que la flotte salée s'adoucit en s'élevant vers la voûte, des choses comme ça, alors que le mousqueton décanille dans la sorgue avec la tirelire fendue à gober des sabres, le poitrail en estacade et la fossette hissée haut. Fier comme un poisson-coq, certainement, mais aussi rincé par la houle qui s'éventaille contre l'étrave, mais aussi brossé par l'étrille à gros crin qui lui rabat la frange sur la trogne.

Il gravit ou dévale par monts et par vaux, il enfourne des paquets plus grouillants que dans la fente d'une plaie. Nos mondes sont souvent prompts à s'inverser, car sur la flaque comme dessous, on s'imagine toujours mieux de l'autre côté. Le fiston fouine l'horizon bouché en guettant le son suspect, l'ombre dans l'ombre et le soupçon pire encore d'un léviathan farfelu en vadrouille. La trouille et la solitude éperonnent le culot. La nuit, comment vous dire, tous les squales sont gris.

Le ploc d'une bulle.

Les friselis ophidiens du safran.

Le bouiboui du puits de dérive.

Ben mon bonhomme, faut avouer qu'il sait caresser la surface, Petit Roux, jamais il la cogne, jamais il la brise. Il s'applique à conduire la guibre en fine lame, à surfer les creux sans aulofées furieuses, sans abattées affolées. L'atavisme est spontané, on hérite des gestes de tous les ceusses qui ont dû flottiller avant nous pour tenter de survivre après l'Inondoir. On entre plus dans la mer par les petits ruisseaux, les échelons vrillés des jetées ou les jolies plages sablonneuses, non, on vient dessus comme les crevettes, hop, on passe juste d'un liquide à l'autre et le tour est joué. Nos mouflets barrent dès qu'ils sont sevrés et tous crawlent ou papillonnent bien avant de savoir gambader. La nappe trop calme leur donne la nausée et des migraines, aux alevins du roulis. Nos gènes mutants de tétrapodes préparent le terrain pour que les écailles nous reviennent, pour que nos membres pairs refriselisent en palettes natatoires. Tesselles et denticules, ampoules de Lorenzini, fentes branchiales – on restaure derechef notre ancêtre amphibien et bientôt vous nous pêcherez comme des chimères, garrottés dans les filets fantômes que vous envoyez baguenauder au gré des courants. La mer s'ensemence fébrilement, elle poumone sous nos palmes pour combler le vide.

Ça fait perpète qu'il navigue au portant, Petit Roux, des plombes qu'il roule et surfe à l'aveuglette sur la grosse houle des algues-bulles et des vessies de mer. Il s'éponge dans le coude, dégorge la branchie d'un côté et le cartilage de l'autre. Aucun vent est le bon, quand on ignore la route à suivre. Le moussaillon grelotte et vibrionne, il guette un premier signe crédible de l'armada sur la peau du diable – soit le reflet d'une coque, soit le flappement des poupes au passage bien réglé des rondins mous, soit encore les arpèges dans les haubans et le chambard des drisses qui giflent les mâts. Tout ce qui change l'intensité et la fréquence, selon la Loi de Poisson et ses variables aléatoires.

Il compte sur son sixième sens, celui qui lui pousse mieux qu'un poil dans le trou de l'os temporal. Il sait déjà qu'il est vivant et bientôt il saura où il va. Quelque part devant lui, à tribord ou à bâbord, notre charitable armada secoue ses aussières près de la bouée Saint-Sauveur et le catboat fouraille la flaque à tâtons pour mettre le grappin dessus. Si par mégarde il la doublait, il lui faudrait au moins trente lunaisons pour faire le grand tour et revenir la flairer ici même.

Ma pogne au tranchoir qu'il se pèle le jonc et qu'il crève la dalle, notre petit déserteur. Quant à Câline, comment dire, elle craint plus rien désormais, les billes noires de la saucée luisent dans la poisse comme l'ivoire coupant des incisives, elles lui picotent les soucoupes sans même la faire ciller. C'est bien elle, pourtant, qui a confié son propre fils aux Gardes de la nuit, qui l'a offert aux étoiles fantômes du cadran noir.

Au Pays-de-Mer, la voûte s'inverse lorsque la fluorescence du krill tapisse la surface, lorsque la luciférine libère ses photons pour pointiller une parodie de Voie lactée.

T'inquiète, petite mère.
Petite misère.
Je suis là.

Cassandre le clame à tue-tête – la mouillante s'arrêtera dans dix mille nuitées et les eaux cinglées redescendront enfin jusqu'au zéro des cartes. Les vieux volcans revomiront l'obsidienne, fulmine-t-elle avec du venin de raie dans les rétines. Une foison de billes de lave, la cohue des galets et des nuées de pierres ponces assécheront Mirovia en lui comblant le fondement. Adonc, la Mer-océane refluera sur elle-même et les montagnes grandiront, grandiront, grandiront en poussant des abysses mieux qu'un corail récifal, c'est ce que l'oracle osseux du *Ghost* pronostique devant l'assemblée naïve des gouins. D'abord les épaules rocheuses, hop, puis les accolades aboutées des vallées et des plaines. Ainsi, les continents nettoyés retrouveront tous le pelage verdoyant des pâtures perdues. Et les piafs jacteurs et les chenilles qui font les jolis papillons nicheront une fois de plus parmi les feuilles chatoyantes et les sinueux sycomores. On applaudit, on s'émoustille. Les rivières atmosphériques tariront et les sept mers et les mille fleuves, auspice-t-elle encore, reprendront sagement leur place pour suçoter le pied calcaire des falaises. Mais ce qu'elle évite de nous dire, Cassandre, c'est bien ce qu'on deviendra, nous autres Sang-salés.

Dans ce monde sec et neuf.

Les premières lueurs de l'aube viendront bientôt changer le mica en mercure et le moussaillon rêvasse pour se requinquer. Il imagine la fureur de l'Empereur, le tonnerre de Furieuse et la criaillerie d'Aura sur les passerelles du *Ghost*. Il devine le branlebas des battoirs, les menaces de Weiss et les bordées de Disette – mon commis aux vivres, celui dont la face vérolée présente pire qu'une éponge de mer. Petit Roux fantasme les hurlées de la harde découvrant le canot manquant et aussi l'ancre parachute qu'il faudra reconstruire pour éviter de dépaler durant les ténèbres à venir. Et le banquet volé, par-dessus le marché, et l'honneur de l'Empereur qui vaut son pesant d'algues fraîches. Il gamberge le grain gibouleux, la colère *merrible* qui monte des coursives cradingues du vieux cargo.

C'est pourtant vrai qu'avant même le réveil de l'Astre, on caracole déjà dans les haubans et sur les misaines. Faut voir comme on déferle, comme on choque ou comme on noue de chaise et de cabestan. À l'abordage, sus au félon malhonnête, on largue les bosses et les cargues, on établit les bonnettes pour grappiller dix ou vingt toises carrées de mieux. Les vergues ploient, les laizes exhibent leurs rustines bariolées comme les écailles venimeuses du chapon des bas-fonds. Le *Ghost* crisse et croque mieux qu'un vieux coffre, la mâture courbée par l'effort et la carène engluée dans le jus grumeleux.

On gigote pour des clous, on s'empresse à la mords-moi-le-nœud, les épaules se bigornent et les marins tournicotent comme des winches à la manivelle. On est rarement bons à rien, on est mauvais à tout – l'Empereur nous le répète tous les quat' matins.

Moi, Blaquet, je me contente de spatuler en huit les restes d'hier avec le bouillon de demain, j'écume et j'assaisonne. Les ordres fusent depuis la timonerie pour hisser tout et faire virer le parpaing huîtrifié, toujours trop lourd et toujours trop lent pour calter ventre à mer. On se doute bien qu'elle est déjà loin, notre précieuse annexe, partie au diable en nous confisquant le fiston et le festin. Si ça tenait qu'à nous, on s'en tamponnerait le coquillard, on sortirait simplement les cartes pour reprendre la coinche pile où elle en était la veille. Et nul besoin de maquiller les brèmes, pardi, on craint davantage le Sort que la Loi – un sept ramène ses bêtes, valet tournant valet prenant, à tes bras de faire. On s'arrange avec ce qui vient, c'est toujours une vague après l'autre et on retire rarement les hameçons par le cul des harengs, si vous voyez ce que je veux dire.

Le sacre faisant le roi mieux que la mort du roi, Weiss cajole déjà l'Empereur et notre capitaine périmé doit ronchonner dans sa cabine. La fuite de son petit protégé vient de lui faire perdre ses faveurs et son titre, du coup il vaut moins que rien désormais, notre Pacha déchu – on m'a même enjoint de le rationner à la portion congrue.

Accoudés à la lisse, les marins raguent à mi-voix tandis que les lorgnettes embuées balaient la galaxie des vaguelettes parties pour leur transat sans fin. On le retrouvera, mordienne, le galopin de Câline.

Pour l'honneur et pour l'exemple, disons.

Puisque la flaque est ronde, les fuyards seront toujours vaincus par sa boucle maléfique et nul peut giboyer impunément sur le périmètre de l'Empereur, point-barre.

⚓

Une pogne pour le bonhomme et l'autre pour le catboat, Petit Roux s'accroche à l'esquif en tenant son cap au cordeau, en s'appliquant à faire passer par-derrière ce qui vient par-devant. Il devine les prémisses du cordon brumeux, la rognure d'ongle arquée vers l'est et les bigleux peinent à mettre les gris dans le bon ordre. Gris céleste ou gris maritime, c'est moitié-moitié mais à partir d'où ? L'horizon est sapé d'un suaire plus cradingue que les serpillières qui nous saucissonnent aux bannettes des dortoirs.

Voici la mer, enfin, vive et vaste de tous bords, récite Petit Roux en lyrisant bizarrement. Voici la mer où remuent, innombrables, des animaux petits et grands, déclame-t-il encore, alors qu'un premier splach retentit au droit de l'étrave.

Vous les reconnaissez au barouf qu'elles font, les futailles bicolores. Branlebas des clics d'évents et des quenottes en claquettes, les queues géantes talochent leurs baffes sonnantes et trébuchantes.

Le catboat traverse un pod d'épaulards et c'est comme si on avait monté d'un cran le feu sous la chaudrée. Les orques cliquettent à qui mieux mieux pour mastiquer la localisation, trianguler le vide et recenser tout ce qui fait suspension dans un large périmètre. Sans l'ombre d'un cri, juste le ramdam des bustes massifs qui marsouinent et percent et replongent aussitôt.

Un, deux, trois – soleil.

Prestes et furtifs, pareils aux plongeons des loustics à l'envers de l'hiver, quand on volleye des ballons d'étoupe par-dessus les vergues en profitant des courants chauds. Les muscles fléchisseurs fouettent le lard sur la flaque et les râbles vont ou viennent en égratignant la surface d'un éclair de tôle peinte.

Petit Roux salue les orques en agitant ses mitaines, amical et fraternel. Regarde, glousse-t-il devant Câline, ces larrons sont nos alliés, ils viennent à la rescousse. Respect pour les spirites, beugle-t-il bigrement, gloire aux orques-walkyries en route vers le Walhalla. Je le vois d'ici siffler en trémulant des babines – *trrriiillliii,*

trrriiillliii, il glisse ses pinceaux dans l'eau froide pour tracer quatre lignes droites parallèles à la houache.

L'eau de mer lave le sang mieux que l'eau de pluie, vous l'aurez remarqué. Les rostres brillent sous la tache oculaire et les orques s'invitent au spectacle en envahissant les corniches, les balcons et le proscenium. Elles cherchent le jeune premier, l'enfançon Astyanax, celui qui fait l'affiche en voulant sauver Câline – *Ô Ciel, quels sont les traits de ta puissance ? Il appartient qu'à toi de faire des miracles*, chanterait l'Empereur illico en brandissant les psaumes abscons de ses livrets moisis.

Et les chicots coniques mordent l'air libre sans texture ni saveur, sans le doux fumet bienfaisant des infusions planctoniques. Les globes noirs d'Argus ouvrent un judas sur la barque pour reluquer l'enfant et sa mère et les épaulards frottent leurs panses lustrées contre la coque de noix, la font bondir en croisant les muscles sur le grattoir du safran. Confiant en l'aréopage, le canot les talonne sans mollir quand ils tirent un poil vers le sud. Le mômillon les supplie, il braille comme la courbine, le maigre grondeur des eaux tempérées.

Soyez des guides sans vous perdre.
Faites point les enfants.

Trois pilotes mastocs tracent la route devant l'esquif. La mécanique est bien huilée, puisque quand deux plongent l'un surgit et les premiers rejaillissent quand le deuxième s'enfouit. À la forme des ailerons, Petit Roux sait déjà qui est qui – un triangle d'une bonne toise pour les mâles, une faucille plus petite pour les femelles.

L'attelage trépigne d'impatience pour haler la chaloupe mais le matelot prudent préfère soulager la barre en réduisant la voile au tiers. Il tend les gambettes entre les bordées pour faire circuler le sang dans les tuyaux, se crache sur les pinceaux, dessale la petite peau des calots à la salive tiède, lape quelques gouttes dans les recoins où la potable se planque.

La houle est assez longue pour ériger des collines qui en cachent d'autres et les épaulards se croisent puis reviennent en soufflant chaque fois par le tube une sorte de graine invisible. Les ogres luisent à l'air libre, ils piaffent à la barbe de la barque trop musarde à leur goût et les museaux s'aventurent sur le bois pour le renifler sans trop y croire, ravis de pouvoir jouer un peu. Faut voir la clownerie des grimaces, faut imaginer les langues saumonées qui s'incurvent entre les rangées de crocs. Ils bandent les muscles caudaux de l'arc vertébral, ils fanfaronnent pour parfaire leur galbe d'une courbe replète.

Le moussaillon les caresse furtivement pour les encourager, il stridule ou singe les borborygmes en creusant les bajoues comme personne. Il entre même la paluche puis le radius tout entier dans la gueule bien rose d'une matriarche, pour lui gratter la langue avec les ongles.

Petit Roux piaule, clique ou aboie mieux qu'un sociétaire perpétuel du pod. Il raconte avec moult détails la mort subite de Câline et la monstruosité carnassière de ses congénères. Il explique son plan, confie sa mission, dévoile sa promesse tandis que les orques cancanent et papotent sous cape. Ce qu'ils se disent, pardi, jamais nul le saura, mais pour le matelot, faut croire que tout s'éclaircit soudainement.

T'as vu ? demande-t-il.
Mais Câline voit plus rien.

Et au point du jour, quand la saucée s'interrompt, le fiston se défrusque méticuleusement. Nu comme un ver de mer, il répartit ses guenilles un peu partout dans le canot en les tordant au plus serré pour mieux les faire sécher. Les pelures mouillées, sachez-le, c'est le cauchemar de tous les marins. Les pelures mouillées laminent les éponges au scalpel, pouah, elles enflamment les alvéoles et font crachiner du sang par la glotte ou par les trous des naseaux. Le gosse maigrichon est perclus de bleus bruns, rayé de stries roses, de griffures boursoufflées. Son torse gélatineux ressemble à l'ombrelle du poumon de mer, il frissonne et s'horripile comme si on le chatouillait avec les haricots électriques d'une raie torpedo.

En relâchant la tension des cervicales, Petit Roux gymnastique pour se réchauffer et s'assouplir. Pour l'énième fois, il refait mentalement le trajet du *Ghost* dans le fil du courant, puis le sien dans le sens du vent. Ce que la mer permet, songe-t-il en bayant aux penons. La marge d'erreur est considérable, autant chercher une seule bulle dans la crête d'une vague.

On y est presque.
C'est devant nous.
Tu peux compter sur moi.

La flaque devient plus clapoteuse, le vent-tournant lisse ses mèches blanches sous les crachats vaporeux et l'Astre peine à chasser la brume qui colle mieux qu'une teigne aux rayons délicats. Dans l'intervalle des cadrans, le diable bat sa femme et marie sa fille, c'est ce qu'on suggère par chez nous.

On pourrait presque tracer le cercle complet de la ligne imaginaire – un tiers de flotte pour deux de ciel, sans touiller le cocktail. Le fils a disposé le corps de sa mère dans le fond du catboat, la face près de lui et les échasses ficelées au pied de mât. Câline vire au gris, les rides s'estompent et la cornée bleuit, la panse gonflera bientôt avec le souffle fétide des gaz, avec les fluides corrompus de la circulation posthume. La Camarde besogne déjà sur l'établi maternel, elle fait partout comme chez elle, la garce.

Et parce que rien s'arrête jamais d'un seul coup d'un seul, la voix de Câline reste suspendue, juste audible pour Petit Roux et les épaulards ventriloques qui l'écoutent marmonner. Soupirs d'évents, ronrons cajoleurs et timbres faussés du buffet. La caresse d'une nageoire glisse contre la coque tandis que Câline sermonne son lardon, tandis qu'elle le rabroue, l'apaise ou le félicite. Le gamin refait des bouts de phrase sans queue ni tête, juste pour l'entendre ressasser ce qui faut et son contraire.

Des mantras en langue d'orque.

Le catboat baratte du bitume dans les nappes gondolées qui s'échinent à crocher la lumière. Bleu ciel ou gris ciel, que sais-je, vert ciel ou vernis ciel, un glacis d'ombres mouvantes doit racler le couvercle à grands coups de serpillière. L'obscurité du dessous maugrée contre la veilleuse du dessus, seules quelques brasses en diluent la frontière. Au revers d'une lame, le moussaillon esquive de justesse un long flotteur errant, silencieux et saillant comme un espar. Un vestige toujours à flot malgré le franc-bord éventré et le rouf partiellement calciné. La coque spectrale ondule dans les limbes du courant en schlinguant comme cent charognes. Petit Roux frissonne en dépassant l'épave, il glisse d'une crête à l'autre presque sans respirer.

Pour rien au monde il mettrait son museau là-dedans, vous pouvez me croire, la puanteur cantonne la curiosité mieux que la peur. La déveine des mauvaises rencontres, c'est le lot des petits navires et les naufrageurs sont légion au Royaume de la Mer. Même la forteresse du *Ghost* se méfie des faux jetons perfides, des forbans qui louvoient en s'approchant l'air de rien.

La peau couvre le sang.

La crasse couvre la peau.

La vue reste au ras du flot, les risées frisottent le duvet des vagues et, même si les épaulards font parfois des détours pour bouffer ce qu'ils trouvent, ils reviennent toujours s'aligner dans le prolongement de l'étrave. Ce sont eux, désormais, qui tracent la route de fond pour guider la guimbarde vers l'armada. Et Petit Roux tient bon, tel un vrai capitaine – celui d'une barque à la dérive qui brouette un macchab de Charybde en Scylla.

Il faut rendre l'esprit semblable à l'eau, nous inculquait l'Empereur, car l'eau prend toujours la forme des récipients, ronds ou carrés, qui la contiennent.

Le moussaillon se protège les yeux, la tignasse chignonnée sur le haut du caisson. La salure a remplacé la poussière depuis longtemps, ses cristaux coupants nous récurent toujours autant la cornée, les démangeaisons soulèvent les croûtes jusqu'au sang – c'est plutôt la *mangeaison*, d'ailleurs, vu ce qu'on déguste. Si seulement on pouvait se limoner plus profond, on irait de plus belle, jusqu'à se curer l'os. Nos grattements font la jouissance et la punition, on connaît la chanson sur le bout des phalanges, la plaie double l'extase mais une fois que les bactéries s'y installent, vous pouvez toujours ramer pour rafistoler la bidoche. Petit Roux s'arrête au rouge sur le tambour pectoral, sur les veinules des guiboles. Il se lèche et se frotte la truffe avec la parka rincée. Il claque du bec aussi, car la fringale lui gargouille tout le long du tuyau. On digère ce qu'on peut, foi de Blaquet, la bile et les larmes délayent la gamelle de l'ordinaire.

Il vaincra la peur comme il vaincra la faim et il vaincra la faim comme il vaincra le froid, voilà ce que le matelot mijote en caracolant derrière les orques. La seule chose invincible, c'est la folie de la Mer-océane. Le tournis l'envoie plus haut que le coffre et l'enfonce plus bas que la quille.

Chaque geste pèse.

Une sorte de pointe dorée vient scintiller dans la brume alors que le soleil s'échine encore à gravir la coupole chiffonnée. C'est l'équivalent d'un mirage, comme un accroc dans la clôture. Un clou magique, autant dire trois fois rien, il faut vraiment plisser les bigleux sans plus bouger pour espérer l'entrevoir dans l'intervalle des vagues. Le bidule disparaît dans les combes, revient plus nettement sur l'enflure et les orques piaffent et s'agitent.

C'est là, juste devant lui.

Possiblement un reflet métallique, l'improbable *fata morgana* d'un simple grain flottant sur la cornée. Le diamant minuscule flotte à moins d'une lieue marine du catboat, mais sans longue-vue ni lorgnettes, les contours sont vagues et la chose reste plus ou moins floue. Petit Roux pousse sur la barre sans pinailler, il borde la voile et l'esquif s'incline, ricoche, fend le flot avec une caresse à bâbord, une claque à tribord et la route bien au centre. Au bon vouloir du sort, il savonne ventre à mer un sillon de banquise aussi blanc qu'un banc de bélugas.

Les épaulards gambillent, frétillent comme du fretin de filoche et se pincent l'embout pour débaudruchonner bruyamment. Solidarité de mammifères, murmure le matelot. Mission accomplie, cliquent-ils fièrement. Salut en coup de bouc, check de nageoires et salamalecs. Certains d'avoir mis la barque sur son rail, ils s'éclipsent pour de bon en plongeant plus profond. C'est le moment du krill pour leurszigues – le goûter glouton dans le copieux carrousel du bloom planctonique.

En moins d'une plombe, le mousqueton distingue parfaitement la *Corinthe* et son bimini en charpie, puis il devine les barges qui paissent au ras du jus et bientôt le gros comédon de la bouéetonne Saint-Sauveur. Qui tient la laisse tient tout le reste, comme dirait l'autre.

Petit Roux vient de trouver l'armada.

Une simple telline posée sur la flaque.

Voyez comme il jubile, notre Viking victorieux, cabré sur son esquif avec la tignasse en vrac et la barre coincée dans le creux du genou. Il va vers son destin, pronostiquerait Cassandre. C'est miracle qu'il soit là, foutrebleu, avec le vent-soleil qui le chatouille de ses plumes et les larmes qui lui déboulent des gargouilles. Il gueule mieux qu'un hunier saoul, l'apprenti capitaine – *alea jacta*, la chance vient quand elle veut.

Petit Roux tire sur les épaules de Câline, il renfloue le pantin pour lui montrer la mer en cul-de-sac et l'escadre bien alignée dans la brume matinale. Il baise la toison blette, le front d'airain, l'encolure plus raide qu'un aiguillot de safran. Jette un cil, mugit-il, on est arrivés. Il la hisse devant lui en glissant ses pattes sous les siennes, pour les agiter en cercle comme si elle en avait quatre.

À force de mal, tout ira bien.

En deux coups de cuillère à pot, le voilà qui cabote parmi les flotteurs de notre troupeau paissant. Il joue encore avec la voile pour faire le tour complet de l'armada, en évitant le piège des bouts flottants et les trémails gavés de méduses dont il connaît par cœur chaque emplacement. Il vire en aiguisant l'angle, bascule sans perdre sa vitesse, culbute sous la bôme et louvoie mieux qu'une planaire pour matosser l'assiette parfaite. Il froufroute à peine, Petit Roux, il embouque et cabriole sans même poser les pointes sur la flaque.

Par la grâce des orques et du gyre océanique, il a déniché l'introuvable lieu sûr, la seule ancre qui pouvait lui convenir. Et la bouée-tonne Saint-Sauveur aguiche avec le chahut-cancan de sa lourde crinoline d'algues brunes, les aussières se tendent puis relâchent pendant que la flotte moribonde serre ses flancs sales aux badernes encordées. Les barquettes se laissent bercer en attendant les bourrades des mauvaises saisons, une flopée de bouées barbues et de pneus pourris les protègent d'elles-mêmes. Tout ça flappe et clapote, on dirait qu'un monstre baveux mastique un rouleau de papier bulle.

Parmi les nefs avachies, le lourdaud *Balthazar* est bien le seul encore capable de trottiner sur la plaine, mais *Balthazar* appartient à l'Empereur et lui seul y pose les sabots – touche point marsouin, quiconque à bord vous le dirait. On raconte qu'avant qu'il rejoigne notre harde sur le *Ghost*, l'Empereur naviguait en solitaire sur le vaste océan. On bobarde aussi qu'il y avait plus de sang que de sel, sur le pont de *Balthazar*. Et connaissant le mataf, je pourrais bien y croire.

Le droit de vivre pousse au crime.

L'armada est un village sans habitants, une crique sans berges, un mouillage forain strictement réservé aux résidents du *Ghost*. Un véritable hameau flottant dans lequel on se sent comme chez soi, avec la nostalgie du bourg perdu auquel il manquerait plus que les flûtiaux et la cornemuse, vous voyez le topo ? Avec des vioques attablés autour d'un clacquesin algueux et d'une bonne flambée de chaudière pour fignoler le tableau. *Home, sweet Home*, en quelque sorte, même si la porte reste plus large que la cahute.

Petit Roux amarre comme il faut le catboat aux chaumards tordus du cotre, avant de se hisser sur le pont vérolé. Après un bref tour d'horizon, le voilà qui gambade déjà sur les passavants, volte par-dessus les hiloires, bondit d'une coque à l'autre en beuglant à Câline de venir voir ce qu'elle va voir, puisque tout est à eux maintenant, puisqu'il suffit juste de se baisser pour tout rafler avant de foutre le camp.

Le moussaillon se jette sur la citerne d'eau douce pour y plonger la calebasse jusqu'au pli des abdos. Il y a que les poissons qu'ont jamais soif, aboie-t-il en s'ébrouant de l'aiguade comme un poulpe chevelu.

Le cul posé sur une caisse, il dévore les filets brûlants du saloir à tire-larigot, la gueule par trop pleine de merlans et de morues. Une fois bien repu, il s'étend pour lorgner les formes farfelues des nuages, les allonges à l'équerre et la verge tendue vers la voûte. Entre les zones d'ombre et les froufrous ouateux, le parasol arbore de belles taches bleues tandis que les cirrus, stratus et autres cumulus organisent déjà la cabale des bouillards pour la mouillante à venir.

Les treize vents lancent le dé en l'air.

C'est à qui ouvrira le bal.

Le moussaillon chasse le sommeil du juste en crachant des flocons de sel devant ses phalanges fripées. Ses membres-éponges ont bu jusqu'à plus soif et ses ongles sont devenus plus friables que les os des morgates qui naviguent, naviguent sur les flots.

Tu peux sourire, petite misère.

Il y a des moments pour tout, même pour branler du mou. Et cela malgré le *Ghost* qui accourt, poussé par les coupelles tendues de ses voiles carrées, malgré la certitude qu'il sera bientôt là pour couver derechef l'armada et recouvrer son dû. Pour ma part, je peux vous certifier qu'on fait notre possible afin de réduire le retard. Les vigies guettent avec la pogne en visière, l'équipage s'active et les gabiers soufflent sur la toile pour plaire à l'Empereur et sa tête de six pieds.

Le temps foutu du temps perdu.

Le fils se redresse et commence à fouiller la flottille afin d'harponner tout ce dont il aura besoin. Il enfile des braies huilées et une polaire kaki en polytéréphtalate d'éthylène – puante comme un hareng fermenté, boulochée comme un savon de mer. Sans vergogne, il se charge jusqu'à la trogne à s'en vriller les béquilles, à s'en ployer les vérins.

Dans les coffres de *Balthazar*, il dispose soigneusement quelques baluchons de farine d'algues, une baratte de beurre de baleine et des boisseaux de varech. Il rajoute des bouts de tôle, une bâche plastique et une couverture en polyester imputrescible.

Il s'éclipse et revient, comme ça, mieux qu'une trombe sous un orage de saison chaude. Il fait le plein à ras bord pour devancer l'impondérable, il se projette plus tard et plus loin pour deviner ce qui lui manque encore.

Dans le bazar du cotre, il chourave des laizes en polymère, un jerrican de brut et deux pleines boîtes de thé de Sargasse. Le stock de cuir planqué sur la *Corinthe* fera pacotille pour achever de convaincre le Toubib. Dans le *Slangevar*, il y a que dalle, le contreplaqué décanille sous les arpions et la périssoire surnage par la grâce d'un double fond en polystyrène expansé, point-barre. Le *Slangevar* est une sorte d'obole sacrificielle, notre humble contribution aux rushes à venir.

Bientôt les concombres le boufferont.

Il garde le meilleur pour la fin, Petit Roux. Une fois nos réserves pillées, une fois nos trésors détroussés, il s'invite enfin dans la jardinière en tournoyant sur lui-même. C'est bien la première fois qu'il s'y retrouve sans la harde et sans l'Empereur, surtout, qui le pulvériserait sur place plutôt que de le laisser faire. Nulle loi plus grisante que d'obéir à soi-même, le mousqueton se glisse sur les pointes entre les bacs de substrat, cajole une feuille grasse, appuie la pulpe de l'index sur le piquant d'une épine. Il s'accroupit en gonflant les arceaux pour flairer les grappes de petites fleurs blanches et miel.

L'Empereur se charge des récoltes, lui seul décide des tailles et des arrosages, des épanouissements heureux, des boutures et du dosage subtil des engrais organiques. Chacun le reluque sagement en salivant depuis la rambarde du *Ghost*. Chaque graine porte en elle toutes les graines du monde, catéchise-t-il, c'est la semence du vivant. Et quand vient le crépuscule, dans la boyauterie sordide du cargo, l'équipage grégaire s'endort en rêvassant du verger délicieux, des serpentins racinaires, du divin fumet de la tourbe nourricière. Dans la berlue des songeries, on fantasme toujours les hortillons fertiles et les semis frugifères, foi de Sang-salé, les fruits défendus sont plus cireux que les calots des dorades et nos pognes se tendent pour mendier dans le vide.

Sur la barge, entre les citronniers et les cartoufles, il y a trois allées parallèles qui longent les bacs gavés de pourriture d'algues. Petit Roux y chemine cintré pour mieux cueillir les agrumes, du bout des ongles tant c'est outrage, tant c'est avanie de filouter le frichti du *Ghost*. Il fait table rase avec deux besaces ras-bordées et une autre encore, bourrée de tubercules verruqueux.

Toujours trop, c'est jamais assez.

Sentir la terre bourreler sous les griffes, se la tartiner sur la trombine et s'en gominer le galuchat, tenez, c'est du petit-lait pour les natifs de la flaque. Toucher le substrat enivre autant que les vapeurs d'alcool, bien mieux que les paluchades bâclées sur les bannettes encombrées. Petit Roux pourrait s'y vautrer tout entier, il pourrait même y entomber Câline sous une fine couche moelleuse, nonobstant le *Ghost* qui lui file le train. Il se contente de remplir les sacs en savourant son raid, sa razzia rapineuse.

Les ceusses qui plantent sont rarement les ceusses qui récoltent, vous connaissez la proverberie péquenaude – on fait toujours bon cœur contre mauvaise fortune. La roue tourne, assène Cassandre, même si on sait plus trop dans quel sens elle tourne. Le matelot dîme une bassine pleine en sus de ses deux fardeaux.

Tribut de guerre.

Gabelle d'aigrefin.

Il lui faut moins d'une plombe pour combler les nombreuses soutes de *Balthazar*. Le fifty de trente-cinq pieds conserve la robustesse du fait main du temps jadis, quand vos aïeux crobardaient la *plaisance* dans leurs cabanons de jardin en rabotant des membrures tout juste équarries, en soignant les charpentes pour éviter le bourdon du grand âge. Et depuis lors, *Balthazar* fait toujours le caïd en roulant des joints d'écume sur sa ligne de flottaison. La coque en bois de chêne est badigeonnée de gelcoat et d'une peinture époxy, faïencée comme la peau du Pacha, qui protège aussi le pont, le rouf et surtout la baignoire du cockpit, plus profonde qu'un giron de rorqual. Les apparaux sont au complet, l'étrave est agréablement tulipée et une lettrine en relief lui cuivre la poupe d'un bord à l'autre.

Balthazar est un flambard.

Il porte son blaze collé sur le cul.

Il y a toujours une ancre à poste sur le davier, avec sa bitture rouillée bien roulée dans la baille. Une ancre pour quoi faire, je vous le demande ? Que dalle. Impossible de mouiller où que ce soit, tout juste pourrait-on suspendre la charrue dans le vide, elle pendulerait à quinze brasses sous la surface. L'Empereur a dégagé l'antique moulin pour perdre du poids et gagner quelques nœuds, mais chacun sait qu'un fifty sans moteur fera jamais un voilier tout entier. Le galbe d'un navire vous affiche tout de gob ce dont il est capable et faut bien avouer que *Balthazar* a guère le profil de l'espadon, mais plutôt celui du globicéphale.

Et le pire, côté lest, c'est la *bibliothèque* de sézigue. Pouah. L'Empereur a stocké un demi-stère de bouquins dans la panse du rafiot, un demi-stère d'opuscules, plus sessiles que des huîtres, qui croupissent ou gangrènent dans le gardoir des équipets malgré les tombereaux de scotch et les emballages plastifiés.

Petit Roux les toise sans oser y toucher.

La gouaille de ses jolis mots, l'Empereur vient toujours la piocher dans le fatras des grimoires périmés. Depuis l'évaporation numérique et l'immersion des baies de stockage, radote-t-il, les notices imprimées sont notre seule mémoire. Et s'il lui fallait repêcher un marin ou un livre, ma pogne au tranchoir qu'il saurait vite faire son choix.

Nous autres, culbutos loqueteux du *Ghost*, on s'en moque bien des hiéroglyphes du vieux monde, on a d'autres charbonniers à fouetter et la paperasse remplira jamais nos gamelles. Vos histoires, sachez-le, c'est loin d'être les nôtres, quand bien même vos bavardages seraient distrayants, quand bien même ils feraient passer les interminables veillées des saisons froides. Nos seules archives, voyez-vous, elles nous remontent avec les fines bulles des pets sous-marins. Elles commencent chaque fois au cadran d'hier et finissent toujours à celui de demain, tandis qu'on évolue dans l'intervalle en faisant la planche, en remuant les nageoires pour oublier qu'on trottinait comme des étrilles, autrefois, sur les cailloux que vous nous avez confisqués.

Faudrait avoir de la mouscaille dans les mirettes, pour ignorer que les morses ont des pattes. On sait pareillement ce que l'océan a perdu en négligeant de récurer ses kystes terreux. Sur ses vieilles images vernies, l'Empereur nous a déjà montré l'émeraude et l'or des pâtures ravissantes, les arbres feuillus, les bouquetins perchés sur le velours des alpages. L'Empereur nous a montré la farce des cochonnailles, les terrines giboyeuses, le foie des veaux tout juste vêlés, les marinades en pagaille et les côtelettes des barbeucs. On connaît l'homélie de la nostalgie, foutrebleu, elle se propage sur l'onde pour nous fendre le bourrichon. La mer, en vérité, c'est juste ce qui nous sépare.

Une cheminée et deux bols de soupe.

Vous aussi, tenez, vous vaquiez sur l'eau pour quelques plombes autrefois, pour *tirer des bords* et ferrer deux trois maquereaux maigrelets avant de rentrer vous mettre au chaud. C'est pareil pour nous, sauf qu'on rentre nulle part en fin de compte, puisque le cercle du globe est clos et puisque dorénavant, c'est juste pire qu'avant. On attend simplement la marée pour que vos îles chavirent – c'est une question de cycles, vous le savez bien. Mais pour l'Empereur, voyez-vous, c'est encore différent. Il fouille l'alpha et l'oméga, le branquignol, il cherche à débusquer les spectres engloutis et ce qu'il poursuit, somme toute, c'est ce dont vous disposez sans partage.

Balthazar est notre meilleure arme, coquetait-il en douce, un soir qu'il racolait Câline pour la rendre un brin plus avenante. *Balthazar* est le sabord de notre monde sibyllin, s'épanchait-il, c'est notre unique radeau de sauvetage. Et c'était point tombé dans le trou d'un sourd, parbleu, ces fadaises de fugue et de survie. Le marmot et sa daronne savaient fort bien qu'on ferait jamais tenir l'équipage du *Ghost* sur le petit fifty foireux. Il prépare sa fuite, avait murmuré Câline dans la branchie de Petit Roux.

Ores, c'est bien le fiston qui s'affaire sur le pont du voilier de l'Empereur – fier comme un pilleur de pirates, un suceur de grateloupe. Il fait jouer le pouliage des drisses, vérifie la bridure des haubans sur les cadènes, la tension du pataras, de l'étai, du palan de halebas. Il fredonne l'air du *Bienfaiteur* et le son de sa voix renfloue le fond de sa force, c'est comme s'il fleurissait au contact du vieux rafiot.

Ô Soufflez, moussaillons
Un jour, quand le chant finira
Nous irons pour de bon, hey.

Petit Roux charge tout ce qui reste directement dans le cockpit de *Balthazar*. Il pense à l'arc, à l'arbalète, au glaive et aux frusques qui sont restés dans le catboat. À chaque passage, il boite d'une paupière et salue Câline, toujours à scruter les gribouillis des cirrus. Une mère, c'est rarement le refuge d'un fils, convenons-en, mais ces deux-là ont toujours fait la soudure en se calfeutrant les arrières. On est plus forts à deux, câlinait Câline en poussant son rejeton devant elle – bulbe brise-glace ou simple planche de nage.

Tu pourrais m'aider, ose-t-il en cheminant, comme si vraiment. Et puis quoi ? Il lui glisse quelques bavardages, afin qu'elle sache qu'il est toujours présent. Bientôt, le *Ghost* retrouvera son catboat aussi propre qu'il sera vide, foi d'aigrefin. Et *Balthazar* aura disparu. Premier arrivé, premier servi, on finit parfois par tout perdre en voulant trop avoir.

Nous irons pour de bon, hey.

Reprisées au luzin de crinière et rapiécées de toutes parts, les voiles de *Balthazar* supportent encore l'effort et le fric-frac des saisons froides. Vent-souffleur, vent-de-gel, vent-rafale, vent-tourbillon, vent-vertical et vent-morbifère – la bise grouine et mordille tout ce qu'on lui tend. Dans un caisson étanche, le matelot chanceux a déniché pêlemêle un épissoir en os de cétacé, des lorgnettes qui grossissent sept fois, un compas pointes sèches, des crayons de bois et des liasses de cartes cousues bord à bord. Un vrai patchwork en accordéon avec ses trous, ses fissures et la bouillie chiffonnée par la sueur des coussinets. Une bonne carte vaut mieux qu'un long discours, trompettait l'Empereur, qui s'y entend mieux que personne pour cailleter jusqu'à plus soif.

Campé sur la deuxième marche de la descente, Petit Roux sort le buste pour ratisser la flaque aux lorgnettes. Le *Ghost* est encore loin, pardi, à peine une miette sur le bord de l'horizon. Faut avouer qu'on se hâte lentement, l'enclume pèse sur le flot, le gréement souffre et les troncs grincent. On se fait guère d'illusion, c'est tout juste si on pourra lire le nom du voilier quand il décampera.

La chasse compte plus que la prise.

Petit Roux ouvre en grand les écoutilles. À l'intérieur, on en prend plus avec le pif qu'avec une pelle. Ça résonne quand il gratte la crasse entre les varangues, quand il assèche la sentine à l'éponge, quand il récure les souillures avec les ongles. Il nettoie tout mieux qu'une ventouse de rémora pour que la cahute soit enfin digne d'accueillir sa reine. Il prépare son pageot en tapant sur la paillasse, brosse les moisissures et cherche une bâche pour recouvrir les auréoles des diableries de l'Empereur.

Il déniche un fond d'essence dans un jerrican et des lanternes pendues aux mains courantes. Deux plaques voltaïques couvrent encore une partie du rouf, mais l'acide a lysé les batteries depuis une paye. Le bricolage désuet de l'Empereur est toujours scellé sur le tableau dans un fouillis fumeux de faisceaux électriques. Un loch à hélice, un sondeur désuet, un GPS pour quoi faire, foutrebleu ?

Depuis le temps que vos satellites sont livrés à eux-mêmes dans les coursives du ciel, on fait plutôt sans.

On navigue à l'imprévu.

À l'estime de soi-même.

Quand le fiston se pose enfin à la table, *Balthazar* est opérationnel. Dans l'éventail pittoresque des cartes, il a trouvé celle où le mouillage de l'armada est marqué d'une croix surmontée d'un grand A. La croix trône au beau milieu d'une île noyée depuis des lustres, mais quand on y regarde bien, on devine les *routes* et l'empreinte grisée des *bourgs* disparus. On imagine comme on peut le raffut des bulldozers, la poussière cimentière, le béton grenu, le vol d'une mouette ou les rires des marmots en goguette. Qui mieux que la mer pour enfouir la mer ? Seuls les crabes-yétis et les anémones frivoles profitent désormais de la nécropole.

Petit Roux fait glisser la règle Cras sur quarante lieues en s'appliquant bougrement. Le Toubib mouille plus au nord encore et il doit changer deux fois de carte pour abouter les fonds. Il y a ni bords ni coins sur le puzzle marin, mais les croix prolifèrent. Une vraie forêt, pire qu'un cimetière, l'atlas est tacheté de sigles, de chiures de poux, d'apostilles et d'exordes annotés par les pinceaux de l'Empereur. Le lascar est allé un peu partout, ma parole, quand il maraudait sur les deux cadrans, quand il écumait la mer-immense à la recherche d'un gourbi de son envergure – ce que le *Ghost* craspec allait bientôt devenir.

Le bec entrouvert, Petit Roux suit les lignes du bout de l'index. La croix du Toubib est rouge dans un cercle rouge, c'est rapide à repérer, mais entre l'armada et le Toubib, il y en a plusieurs au sépia de seiche et d'autres à l'encre sanguine ou chlorophylle. Une notice serait guère de trop pour y piger quelque chose, dans tout ce charabia. Ici, un point d'interrogation et là, le trident des maquereautins et des bordelières de la plateforme *Firth*. Chaque mouillage recèle une harde semblable à celle du *Ghost* et parmi ces amers, il y en a forcément dont faut se méfier comme de l'eau qui dort. Les lois sont rarement identiques, puisque chacun reste maître à son bord.

Du plat des paumes, Petit Roux lisse l'océan sous la règle sans guère baguenauder sur les rivages d'antan. La plupart des îlots sont caducs, les étocs engloutis et la ligne de sonde reste anecdotique depuis qu'on a rempli le godet au-delà du rebord.

Il s'en est fallu de peu que la carte devienne vierge, tenez, avec à peine cinq cents brasses de plus, vous vous retrouviez tous à patauger dans la mare avec nous.

Le cul trempé et le tuba trop plein.

Les échasses dans le vide.

Le moussaillon trépigne et ricasse, il trace sa route en prenant juste quelques degrés en plus, pour compenser le jusant sur la hanche bâbord. Les courants sont des fleuves puissants à la surface des eaux turbides, les bougres viennent toujours d'où ils vont et leurs belles boucles gyreuses font des accroche-cœurs sur le carafon cranté de Mirovia. Le petit mousse voit large, il rajoute l'épaisseur d'un trait sur ses projections au doigt levé.

Il est paré, comme on dit par chez nous, le clapot s'impatiente et les drisses cliquettent contre le mât du fifty. Il note le cap-compas au crayon sur la carte, Petit Roux, il se débrouillera même s'il se trompe en suivant son petit bonhomme de chemin, c'est couru d'avance. Il lui reste plus qu'à embarquer Câline avant de larguer les amarres.

Cent vingt degrés, annonce-t-il.
Fier comme un bar de ligne.

⚓

Un perchoir, tout simplement, une sellette à trois pattes, sans vouloir vous commander, sans trop vous demander non plus. Pour le meilleur du pire, j'aimerais rendre mon calvaire un brin plus praticable. Sachez que je cause mieux avec le cul plat et la panse pleine, vous devriez voir ça – un Blaquet loquace, presque intarissable.

Je vous ai déjà balancé tout le bastringue des salamalecs que vous semblez affectionner, vous voulez quoi encore ? Que j'en rajoute ? Que j'abuse du crachoir ? Que je la boucle et reste planté là, devant vous, à pantiner les pattes croisées comme le dernier des tire-au-flanc ? Que je vous supplie, peut-être ? Non merci, j'attends puisque la balle est entre vos pognes. On voit bien que vous connaissez point le coq Blaquet comme je le connais.

Tête de pioche et fier-à-bras.

Vous m'avez baratiné que vous en saviez long alors que vous y louchez que dalle – vous fantasmez les Fruits-de-mer comme des fous furieux, point-barre.

Vous m'avez prié de tout vous dire, de jamais mentir et voilà, c'est bien ce que je vous mitonne présentement. Je vous sers la soupe et basta, j'assaisonne au gros sel, je touille et je gratine au plus gras.

Allons donc, soyez adultes pour une fois, c'est donnant donnant et on pourra enfin passer à autre chose. Un tabouret, mordienne, puisque chaque homme mérite sa chaise pour sa peine. Vous instruisez, disiez-vous, le dossier brûlant qui nous concerne, et puis quoi ? L'affaire du *Ghost*, mettons, pour faire simple et foncer droit au but. L'*Outrage* et la *Profanation*, c'est bonnet blanc et blanc bonnet. C'est vous qui voyez, à chacun son boulot. Personnellement, je compte point sur vous pour noircir mon brouet ou racler mes gamelles.

Votre bonheur, c'est le malheur de tous.

Votre marotte consiste à remettre de l'ordre là où il y en a jamais eu, mais le droit restera en berne, foi de Blaquet, si vous continuez à vous conduire envers moi comme des paysans malotrus. Vous pouvez me croire sur parole, je suis guère du genre à parjurer à vau-l'eau ou à croisiller les phalanges par-derrière, surtout quand il fait faim, quand il fait soif et quand j'ai les guiboles en gélatine.

Vous auditionnez les rescapés, proclamiez-vous gravement. Vous confrontez les récits des témoins pour définir la trame du méfait et constituer le corps du délit – des foutaises et du baratin, foutrebleu. L'expiation de la faute vous poussera-t-elle à l'établissement de la vertu ?

Bien sûr que non.

La justice, tenez, c'est comme ma cuistance, faut jamais la voir de trop près. Vous devez statuer sur le devenir incertain de notre race, point à la ligne. La belle affaire, laissez-moi me tordre les côtes. Vous voulez savoir qui on est et ce qu'on a fait, en omettant aucun détail, à croire que vous nous chaperonnez comme des rats de labo.

Un élevage en couveuse.

Votre *vade-mecum*.

Vous avez déjà vos réponses et la seule chose qui vous manque, désormais, c'est simplement le chemin pour y venir chattement. Le *narratif*, pédagogiquerait l'Empereur en s'enthousiasmant. C'est avec le *narratif* qu'on a construit l'humanité, bien avant que les deux peuples soient séparés – bien avant qu'ils se balancent des torgnoles et des beignes de Claquefaim, ces baltringues enragés. Tout était déjà tracé dans les vieilles bibles de l'Empereur, sachez-le. Au commencement de l'Inondoir, les ceusses de la mer et les ceusses de la terre faisaient qu'un, et puis c'est parti en jus de roussette, allez savoir pourquoi.

C'est parjure d'avoir à mâchouiller ce qui vous plaît d'entendre, à vous autres Pousse-cailloux. C'est parjure d'accabler l'Empereur, Furieuse ou même Petit Roux, tenez, puisque c'est bien de l'histoire de Câline que je cause ici-bas. Et la pauvrette, comment dire, elle méritait mieux que ça. Câline, en quelque sorte, elle était juste clamsée comme tout un chacun.

Aux marins les morts.

Aux autres les vivants.

Bien sûr, j'ai aucune idée de combien vous êtes devant moi, derrière le miroir idiot où je me lorgne, à dactylographier mon papotage le cul vissé sur vos bergères. Timonier sans gouverne, j'ai parfois l'impression de causer pour mézigue. Figurez-vous que je la connais par cœur, personnellement, la chansonnette odysséenne et son refrain charmeur. Depuis bien avant le début et jusque bien après la fin, vous avez aucune idée de ce que vous ignorez encore.

Ores, vous pouvez toujours me débiner, je lâcherai plus rien tant que je serai debout et famélique. Silence mayday. Parfois, devant mon fourneau, disons qu'il m'arrive de babiller avec mes marmites, d'accord, d'accord, mais vous me ferez point passer pour plus foldingue qu'un autre, foi de Blaquet.

Une causeuse, la flotte et la tortore, plaidé-je en préambule. Et je suis patient, vous pouvez me croire.

J'ai tout mon temps.

À vous de voir.

[PIÈCE 83 – SÉRIE C – 83.1971C/BM]
Bernard Moitessier, *La Longue Route*

La cape, c'est vraiment ce qu'il y a de mieux quand on sait plus que faire : on vire sans toucher aux écoutes, on laisse le foc à contre, on met la barre dessous, on s'allonge dans le cockpit en fermant les yeux, et on voit alors les choses comme elles sont.

[PIÈCE 111 – SÉRIE B – 111.1851B/HM]
Herman Melville, *Moby Dick*

J'ai connu des vaisseaux faits avec des arbres morts qui survivaient à des vies d'hommes taillés dans la meilleure étoffe de vie.

Quoi d'autre, encore ? Vous pensez bien qu'on le piste sur le fil de la flaque, le barboteur de cambuse. On lui colle au derche depuis l'aube et ce racleur de gamelle mériterait de pendouiller à une vergue comme une vulgaire bonite crochetée par la branchie. Ni une ni deux, on s'est vite mis à la traque du fifty. Une pogne devant et l'autre derrière, on y va de bon cœur, vous pouvez me croire.

Hardi les gabiers aux suspentes, hardi les matafs à la manœuvre des palans et des rabans de ris. Ventre à mer, autant que possible, parce que pour ce qui est de la pétulance, le *Ghost*, c'est toujours le tonnerre qui claudique après l'éclair. Force est de reconnaître qu'on est peu capés pour le sprint et la transhumance, le plus souvent on dessine des ronds dans la flotte, on sarcle juste ce qui faut. Et vous feriez quoi, vous autres, si on vous collait aux commandes d'un cargo gothique, à la poursuite d'une périssoire insoumise ?

Vous êtes pire que cocasses, à vouloir tout savoir sans jamais rien admettre, et ce que vous engendrez malgré vous, foi de Blaquet, c'est des bobards et des menteries en riposte. Rien de nouveau à l'horizon, petite brume et visibilité moyenne – c'est mieux, comme ça ? Allons donc, vous pourriez toujours me menacer et puis quoi ? Vous le saurez tantôt, quand je le déciderai, et vous devriez plutôt prendre des notes et déployer vos esgourdes.

Le quart perdu se rattrape plus.

Quand le *Ghost* aborde enfin l'armada, c'est pour voir le falzar du fifty déguerpir à l'horizon. Les agrès ruminent, l'équipage potine, les coursives bourdonnent leur sirop aigrelet et chacun salue en secret le morceau de bravoure, la prouesse du renégat. L'Empereur bisque en glaviottant sa bile d'un seul jet depuis la passerelle jusqu'à la barge razziée. Il déplore les agrumes, il réclame son voilier en trépignant. Il joue un bon moment sur le garde-fou avec le cuir et le laiton de sa longue-vue – gomme-chique, gomme-gomme-chique –, avant de se murer tel un congre dans le bunker de la timonerie. On surveille son trilby à la dérive derrière les vitres du château et depuis le tranchoir des coupées, depuis le perchoir des haubans, on imagine le marteau des talons et les hameçons en éperons.

On se fait discrets, pardi, on reste sur nos gardes en faisant profil bas et on cherche à s'occuper en attendant que ça passe, sans allonger la sauce en blablatant à cor et à cri. Attendu que le devoir d'un gouin réside dans l'obéissance aveugle et spontanée, attendu que le félon est quand même l'un des nôtres, sans se mentir, on se sent grandement coupables et mêmement punissables. La nichée mortifiée compatit – fraternelle par le sang, elle s'apitoie en silence.

On s'excuse par avance.

Furieuse reste à l'écart de la harde – torchons *versus* serviette, vous voyez le topo. La diablesse plastronne en proue, on dirait qu'elle daube la vague d'étrave et tout l'équipage l'évite en se méfiant des regards en coin et des flèches perdues. On a bien vu le geste impatient de l'Empereur, qui lui montrait le catboat restant pour qu'elle se mette en chasse. Va et rapporte, semblait-il ordonner. Fonce. Foudroie. Mais Furieuse reluque toujours la flaque et les graffitis s'affolent en lui chatouillant l'épiderme. Elle échafaude sa victoire, puisque le gamin lui a volé l'initiative. Elle a déjà revêtu sa combinaison de néoprène, ses jambières luisantes, son plastron en fanons de baleine. Ses iris brillent férocement et elle tient son arc droit devant elle comme un sabre à double lame.

Et pour peaufiner l'affiche, Cassandre vient lui chuchoter son chapelet d'augures et d'oracles dans le creux de la feuille. Qui sait ce qu'elle baragouine, la vioque, mais ça met Furieuse en transe. Après le passage de la foldingue, elle tient plus en place.

La sueur déborde du sang bouillonnant.

L'entre-soi hiérarchique nous laisse froids, nous autres, faut bien dire qu'on débecte les mystères en messes basses et les effusions sous-jacentes. On se contente de laver les ponts du *Ghost* jusqu'aux larmes, on grimpe simplement dans les haubans pour mieux les redescendre. Untel graissouille le pouliage au pinceau, un autre love ou matelote des grelins inutiles. Faut nous voir récurer tout ce qu'on peut, comme ça, jusqu'à cuivrer la rouille, jusqu'à user la toile. Zombies ou morts-en-vie, on est les champions de Mirovia à ce petit jeu-là.

Moi-même, j'ai quitté ma tanière pour rejoindre les autres et prendre un bon bain de brise – fallait voir ce qui flottillait dans le ragoût de mon fai-tout, pouah, la maïence empestait les brouailles et l'ammoniac. Plus tard, je presserai une bordée de filets dégraissés en bâtonnets insipides, rincés à l'eau douce et citronnés à souhait, qui plairont à tout le monde.

Mais pour l'instant, on ménage juste le boulon et l'écrou pendant que *Balthazar* s'anguille en catimini dans les plis de la plaine. Il cingle fort tant qu'il fait clair, Petit Roux, il compte l'un après l'autre les quelques milles qui nous éloignent, impatient de boucler sa petite affaire auprès du Toubib. *Balthazar* devance d'une vague neuve chaque vague déchirée par l'étrave, il esquive les masses sombres des blooms algueux, surfe sur le flot, enfourne les ondulées translucides entre deux gerbes franches.

La barre est dure mais elle est juste, il suffit parfois de la laisser tirer pour ensuite la reprendre tout entière dans l'interligne des crêtes. On pourrait croire qu'ils font connaissance, le fiston têtu et le fifty fossile. On pourrait croire qu'ils se testent l'un et l'autre, à la va comme je te pousse.

Amis ou ennemis.

Futurs combattants.

Câline plumarde sagement sur la plus longue des quatre couchettes, d'un sommeil plombé à compter les pontons. On dirait qu'elle pionce avant son quart de veille, l'équipière flapie par les frasques de l'excursion et c'est presque contagieux, voyez-vous, toute cette béatitude. Elle a plus mal nulle part, seuls ses souvenirs somnambulent. Son fiston l'a lavée entièrement à l'éponge depuis la tignasse jusqu'à la conque catie par l'entrecuisse, puis il l'a bordée dans un morceau de bâche sur lequel on devine les restes fanés d'une impression publicitaire – *Soon to Rise* en lettres blanches, feuillage floûté, code matriciel.

La toile en plastoc épouse la carcasse mieux qu'un manteau d'encornet et Petit Roux la surveille en tapinois depuis le cockpit, comme si elle allait brusquement se dresser et demander ce qu'ils complotent dans le canot de l'Empereur. La sauvegarde en nylon la saucissonne pour l'empêcher de valdinguer dans la gîte et sa trogne exsangue et ses arpions nus débordent du cocon pâlichon. Il a coiffé sa crinière comme elle le faisait encore l'avant-veille, avec deux tresses bien serrées arrimées en chignon. Il a glissé une bague de draille en laiton à son annulaire et noué à l'encolure un collier de coquilles d'anatifes, dégoté dans le fouillis de la table à cartes.

Les anatifes sont des crustacés, des pouces-pieds pour faire vite, des sortes de verges malingres qui fructifient sur tout ce qui flotte, depuis les carènes jusqu'aux déchets errants. Cassandre nous a chanté mille fois leur histoire, elle prétend que les piafs du ciel, privés de terre après l'Inondoir, ont formé les anatifes en mourant d'épuisement. Et Cassandre prophétise que ce seront eux qui accoucheront un jour des oiseaux qui repeupleront le ciel – des bobards pour mômillons, tenez, les vieux contes aiment les jolies boucles où tout ce qui périt rebelote forcément.

On y croit dur comme fer.

La génitrice impassible scrute les taches dans le vaigrage juste au-dessus de sa caboche, son cuir a pris la teinte mate du requin-perlon, ses lippes sont fripées et l'iris aigue-marin se perd dans la sclère trop large. La Camarde pose ses malles, fait le tour du propriétaire, se charge des badigeons et du grand ménage. Petit Roux peine à distinguer le fumet de Câline de la puanteur du carré confiné, mais il sait qu'elle fouettera bientôt plus que tout le reste – plus que tout ce qui faisande en loucedé, tout ce qui putréfie, gangrène, nécrose, se corrompt aux enzymes et tout ce qui rancit, moisit, carie la surface stérile du Pays-de-Mer.

C'est pour ça qu'il lui faut trouver le Toubib au plus vite, afin de freiner le processus mortifère. Il jure ou crache qu'il remuera ciel et mer et quand bien même il devrait fouiller toutes les îles, tous les stacks et tous les étocs, il dénichera bientôt un verger à creuser pour y coucher Câline. Les crabes plus que les gouins et les vers mieux que les crabes, foi de rejeton.

Petit Roux cavale mais *Balthazar* y va mollo, sans trop forcer sur les ridoirs. La faute à son poids de cachalot, aux vieilles voiles creuses qui tirent en folingues sur les œillets de fortune, à la fange grasse et visqueuse qu'il trimbale gluée à sa carène depuis le ponton Saint-Sauveur. Derrière le croupion rondouillard, le sillage crémeux reste aussi raide qu'une queue de raie.

Le matelot s'est fabriqué une drosse avec un simple sandow et l'écoute du génois frappée sur la barre – un régulateur d'allure, disons, plus ou moins fiable selon que le zef pousse ou selon qu'il tire. L'astuce lui permet de lâcher la gouverne pour bagotter en père peinard entre la baignoire et les passavants savonneux.

Ben mon bonhomme, voyez comme il prend ses aises, Petit Roux, dans le bercail familial. Un petit chez-soi, foi de coq, c'est toujours mieux qu'un grand chez-les-autres.

Le loustic joue des muscles, il bombe le buffet et bande les nageoires comme tous les jeunes mâles avant la bataille. La polaire pelucheuse et le futal en treillis militaire, dégotés dans les gardoirs de l'Empereur, lui donnent l'écorce d'un vrai loup de mer. Il s'est noué une pointe noire sur la caboche en plaquant tant bien que mal la tignasse taponnée pour couvrir d'un même coup le trou et la feuille. On devine déjà le duvet blond qui lui couvrira les fossettes. Il aura bientôt l'apparence d'un homme et on l'écoutera mieux quand il causera, quand il se taira, quand il affrontera les chicaneries mordantes des querelleurs. Quelques barbillons cuivrés et des battoirs noueux comme les maillets des briscards, voilà ce qui lui faut glaner encore pour gagner de l'envergure. Et peut-être aussi cet éclat brillant fiché dans les orbites, qui fera le caillou fossile de toutes les larmes versées. Câline acquiesce en secret – le quartz donne le feu, songerait-elle probablement.

Les Sang-salés ont le noyau dur.

Ores, *Balthazar* cavale sur l'onde et faut voir comme il chantonne, le bougre, il pépie la pipe fendue sans trop savoir pourquoi. Il a rempli le zippo d'une giclée d'essence et un petit feu d'algues crépite dans la vasque suspendue au balcon arrière, assez pour chauffer la gamelle de flotte, suffisant pour cramer le bord des galettes sur la rouille du carré de fonte. La fumée grimpe au ciel mieux qu'une cheminée de steamer, on pourrait la suivre sur des milles et des milles juste en barrant le pif en l'air. Il a malaxé les fécules de cartoufles en mouillant ce qui faut, comme Câline le faisait quand elle me secondait au brûloir. Le fiston savoure son frichti en plissant les hublots, en éclusant du thé de sargasse dans une moque brûlante.

Il suit son petit bonhomme de cap en bâfrant mieux qu'un chancre les galettes de grateloupe, les biscuits d'algues brunes et la chair encore molle des filets de flétan fauchés dans le saloir de l'armada. Il s'empiffre des dix phalanges, se brûle la pulpe et secoue tout ça bougrement comme pour moucher un feu sans flammes.

Faudrait que tu goûtes, mignote-t-il.

Un vrai délice.

Balthazar pèse sur la houle et roule dans la mélasse ses petits bigoudis d'écume. À sa manière d'enfiler les vagues, on dirait parfois qu'il jappe et on dirait parfois qu'il aboie mieux qu'un éléphant de mer. D'instinct, Petit Roux sait tout de la spirale d'Ekman, de l'effet Coriolis et du cisaillement des treize vents – vous voyez le génie ? Bien sûr que non, il sait que dalle, le mousqueton en cavale. Vous croyiez quoi ? Il écoute simplement les antiennes et les oraisons qui remontent en chapelet des chorales sous-marines. C'est dans ton flair, professait l'Empereur en lui posant l'index sur la pointe du pif, ce qui papouille les papilles et ce qui murmure aux écoutilles, c'est bien suffisant pour faire les bons choix. Les gouins naissent tous avec un niveau posé sur les hanches et une boussole vissée dans le ciboulot. Le pifomètre, c'est notre bâton de pèlerin, notre étoile bergère.

Regarde mon doigt pour savoir où tu vas.

Et d'après la route qu'il a tracée, Petit Roux se trouve à moins de deux plombes d'un amer fané sur un pli de la carte. Seul le compas oriente la marche du navire, foi de timonier, c'est toujours quand on est parvenus qu'on sait si le cap était bon. Cent vingt degrés, plus ou moins dix, faudrait pouvoir rectifier la courbure au fur et à mesure. Sans compter les courants, la loterie lunaire et le bon vouloir des vents. Le *pied de pilote*, c'est juste une pincée de Sud dans la bouillie du Levant.

Le petit mousse scrute l'horizon pour deviner le démon clapi sous l'indication de la carte. Loin de l'Empereur, parbleu, on gagne en autarcie et le carcan perd tout son poids. La liberté d'être seul à pouvoir s'en priver, sentencierait Câline en guise d'avertissement. *L'homme libre chérit la mer*, vous voyez bien, toutes ces balivernes qu'on calepine sans jamais passer les écluses. Petit Roux lèche le rebord de la moque en lorgnant le sein énorme qui pèse sur la toile. Non mais quel délice, d'être en solo avec Câline pour la première fois et quelle extase, de boire le thé de l'Empereur à la barbe de l'Empereur. Le prétentiard et son air de deux airs, ça lui en boucherait un coin, ma parole, de voir le gamin griveler ainsi dans le viatique interdit.

Mirovia est une sphère parfaite, un super-océan où on va où on veut pourvu qu'on évite de titiller vos casemates ou les cercles froids. Le petit gouin chahute sa tignasse, il chasse la fumée qui vient lui tortiller le trognon. L'élixir bizarre du blanc-seing l'enivre autant que l'infusion de sargasse. Même si la harde console et cuirasse, et quand bien même elle apaiserait mieux qu'un baiser sur une plaie, on est jamais si bien servi que par soi-même.

Petit Roux jure qu'il pourrait courir sur la flaque – plus vif que le fifty, plus alerte qu'une risée rebroussant le flot. C'est mon fils, songe Câline, pour peu qu'elle songe quoi que ce soit. Il jure encore qu'il pourrait rebondir sur le pas japonais des méduses géantes, sauter la bosse du rorqual, surfer dans l'élan pour clarifier l'écume et faire table rase. Vous voyez tout ce qu'il peut gamberger, le matelot de poulaine, en cornaquant *Balthazar* vers ses lendemains qui chantent.

Pour nous fausser compagnie.

Avec ou sans lorgnettes, on détaille chaque motte suspecte sur l'étendue de la plaine, car ce qui flotte est souvent plus naufrageur que le reste. Des billots par forêts entières, des bibelots barbotant et les vestiges de feu vos édifices qui brandillent au gré des courants. Quoi d'autre encore ? Citernes cabossées, épaves éparses et conteneurs perclus divaguent en icebergs dans la cambrure d'une vague toujours semblable aux autres. Encore un siècle et tout aura disparu, parbleu, mais faut bien faire avec en attendant le grand nettoyage.

Dans nos pires cauchemars, les obstacles nous rejouent la tragédie des récifs d'autrefois – les noyés sont d'eau douce, seuls les marins coulent. Le bulbe bosselé du *Ghost* nous protège mieux que la guibre de *Balthazar* et Petit Roux découvre le staccato des impacts qui grêlent la carène fluette du fifty. Rien de grave, geint-il pour se rassurer. En sus des monstres marins, des tapis flottants s'étalent en paillassons semblables aux ailes mollassonnes de la reine Manta. Polymères en lambeaux, chlorures de vinyle et styrènes expansés ondulent la surface avec les motifs ternis des plastocs fanés et les capsules temporelles de vos bons souvenirs nous reviennent sens dessus dessous.

La fin de l'Anthropocène, leçonnait l'Empereur, c'est le Poubellien, l'âge d'or du plastiglomérat. Voilà ce qui nous répugne, voilà pourquoi le *Ghost* reste toujours au large de vos îles. L'Empereur nous a conté mille fois ce qu'il a vu près des petits-fonds, ceux qui vous maillotent mieux que des langes – l'érection d'un pylône en périscope, le puits sans fond d'un silo retors, celui d'une cheminée d'usine. Parfois, les faîtages affleurent, la nappe s'hérisse d'épines et la cime altière d'un gratte-ciel se change en simple cube, en terrasse nivelée au ras de l'onde. En surface, ça turbule et ça frisotte du siphon. Comment imaginer que ça tienne encore debout, un soixante-quinzième étage ? Pourtant, quand la quille cogne dedans, je vous garantis que vous prenez aussitôt l'ascenseur pour le niveau zéro, vlan, les Fruits-de-mer finissent toujours comme ça.

Au pays des crabes.

Sur un tapis de zostères.

Distendue par une belle houle aux périodes longues, la mer dégrise mais la voûte reste plus sombre qu'un pli de l'aine. *Balthazar* se borne à suivre son rail et Petit Roux se penche régulièrement vers la descente, s'enquiert ou parlotte simplement à Câline. Il chante sa chance de fuir les orcs du *Ghost*, vomit la harde plus fort que le flot et maudit les salauds et les salaudes qui voulaient la gueuletonner comme on gobe les boucauds de surface. Il dégoise sur nos airs de crevards, sur la turpitude et la misère carnassière des traîtresses et des faux frères.

C'est fini tout ça, braille-t-il en crachant dans la baignoire. La pauvrette craint plus rien parce qu'il est là, parce qu'il la conduira à la terre-ferme comme il l'a promis, coûte que coûte. Câline fertilisera à toute pompe, elle sera la fumure, le limonage, l'engrais bonifiant des petites terres sur lesquelles la vie fragile pourra bientôt revenir – et les piafs écloront enfin du collier d'anatifes.

Il ira jusqu'au bout, Petit Roux, sans trop se demander ce qu'il deviendra juste après le dernier coup de pelle, quand il sera plus seul que l'opah, le saumon des dieux.

Si seulement Câline pouvait revenir paisiblement à l'état de polype, tout serait bien différent. C'est elle qui lui contait la magie des immortelles, quand il était marmot. À travers le filet du hamac, la voix soyeuse murmurait que les méduses pouvaient mourir puis revivre tant qu'elles le voulaient. Elles blastèment, comment dire, elles rénovent leurs cellules abîmées de fond en comble, comme les planaires hermaphrodites. Les immortelles font renaître l'ensemble par un bout minuscule, chuchotait Câline en mimant des sortes d'anémones spongieuses. Nulle lame pourrait les vaincre, les gourgandines, elles se régénèrent de mémoire, elles reprisent le tissu manquant et rapiècent les accrocs sans compter.

Et c'est loin d'être les seules, puisque barbillons et nageoires repoussent parfois aux poissons, puisque les quenottes ressuscitent à la gueule des squales, puisque les limaces s'égorgent juste pour le plaisir de se refaire un portrait plus favorable.

Rien qui se perde, tout se requinque.

Les matelots en pincent pour les sornettes, ils se les refourguent mieux que les gourdes et la gonorrhée. Nouez un leurre au bout d'un fil et vous trouverez toujours une mâchoire pour mordre dessus – deux verbes et dix mots suffisent à nous avoir sur le dos.

Câline nourrissait son marmot de ristoires, de marmythes et de darnes fabuleuses. Des dictons en pagaille, des feuilletons chroniques et des calories d'anecdotes en cascade. Et dans le silence sinistre du vieux cargo, le bambin rêvassait de méduses et d'ombrelles immortelles, le pavillon perdu rejaillissait de la saillie du tragus et son corps tout entier se déployait, bourgeonnant de rhizomes, feuillissant vers le ciel. Le gamin se réveillait alors en criant, trempé de sueur, pour se palper la tempe et guetter la reprise du cartilage sur le demi-cercle de croûte rêche. Câline gloussait, pouponnait, riait en lui ébouriffant la tignasse. La méduse se moque du contour de ses anses, ma daurade. Et Câline minaudait qu'elle l'aimait juste comme tel, d'un côté comme de l'autre – les chiens-de-mer ont bien qu'une seule nageoire après tout. Elle le consolait comme les mères consolent, invariablement trahies par un tremblement, une courte hésitation.

À presque quinze piges, Petit Roux sait qu'il a toujours besoin d'elle. Encore un peu du moins.

Juste le temps de voir venir.

Le cap est bon, la brise suffit pour que *Balthazar* glisse sa panouille sur le flux avec une sorte de suavité flemmarde. Il traîne vingt brasses de nylon derrière lui, une simple ligne plombée par un gros écrou et une sardinelle en inox prolongée par un triple hameçon tout au bout. Le cul posé contre le balcon, le gamin joue avec le fil en le titillant pour feindre le frétillement et stimuler sa proie. Les petits poissons aussi bien que les gros, roucoule-t-il patiemment. Il attend juste une paire de maquereaux, qu'il roulera ensuite dans deux belles algues grasses saupoudrées de cheveux-de-mer, pour mitonner le frichti du soir.

Vers la fin du cadran, quand l'horizon s'abaisse d'un cran, il devine la forme massive d'un navire droit devant. Un gros rectangle noir, parfaitement immobile sur le chromo des lorgnettes. Le matelot lâche aussitôt la traîne et c'est le branlebas des écoutes dans le foutoir du cockpit. Il dévale la descente, fonce vérifier la croix sur la carte avant de choquer progressivement les deux voiles, l'une après l'autre, pour se contenter de venir sur son erre. Les laizes faseyent, claquent et clappent comme des pincettes de crabe.

Le moussaillon se rapproche en père prudent, debout sur le caisson du fifty, en scrutant les ponts déserts du gros rafiot, les sphères cabossées, le canevas des tuyaux hérissés ou pliés, le fier château à demi effondré. Bruit blanc. Morse infime. Un filet de fumée fuse d'une soupape vers la partie haute du ciel.

Plus il approche et plus la bâtisse en impose, mastoc en diable, rouillée comme rouille la ferraille quand elle trempe trop longtemps. Le gamin surveille également la surface tout autour, pour vérifier qu'un nageur intrépide vienne point le surprendre en loucedé. Il ralentit encore, se défend d'aboucher. C'est un méthanier, à l'évidence, avec ses quatre cuves bossues sur le dos et suffisamment de gîte en poupe pour exhiber son bulbe tout entier. Pour un laps encore, la double coque et les cloisons étanches l'empêchent de sombrer, mais les prochaines tempêtes l'enverront par le fond, c'est couru d'avance. Deux chaînes énormes s'étirent des écubiers pour rejoindre un coffre qui fouit d'une brasse au passage des vagues. C'est miracle qu'il soit encore là, le piteux mastodonte.

Trop massif pour couler d'une traite.

Trop pourri pour espérer mieux.

La flotte chigne et gratte contre la coque de *Balthazar*. Gargouillis pulsés, rots du ressac, pets de harengs – les signaux d'alerte fusent mieux que les crins d'un archet. Le fifty renâcle à brasse-couler dans les creux, l'étrave troque ses bacchantes pour des vibrisses suspicieuses et les haubans jouent du hautbois sur le qui-vive. *Balthazar* est d'une nature ombrageuse, il hausse la proue devant l'ogre flottant et Petit Roux hésite, lui aussi. C'est jamais la même eau des deux côtés du bateau, comme on dit par chez nous, la guigne vient trop souvent de la pogne qu'on vous cache.

Même pourri ou juste endormi, le monstre demeure menaçant. Nul blaze en poupe, nul pavillon de courtoisie – rien. Depuis le pavois jusqu'à la ligne, la muraille est couverte de croûtes brunes, poisseuses, d'un psoriasis de peintures pelées et de coulures croupies. Plutôt mille fois grenouiller dans le bouillon que se choisir un refuge pareil, ma parole. Le gamin fait la moue, il déteste ça, les barriques ballonnées qui font la planche le bide en l'air. Quelque chose vibre en lui mieux qu'une alarme de vigie, il déchiffre les runes dans l'écoulement du flux et bascule d'un bloc sa crinière du côté du trou, pour mieux capter les cancans du vent-colporteur.

Des rodomontades.

Des râles enroués.

Balthazar fait le tour du mastard en évitant le corps-mort, en ménageant une distance raisonnable pour rester hors de portée d'une dondaine, d'une flèche ou d'un pieu. Le bâtiment fait dans les huit cents pieds au bas mot et il s'enfonce par le derche de six bonnes brasses dans son propre ressac. Ça fait longtemps que le gaz liquéfié a fui des cuves pour rejoindre le haut de la serre – on pourrait y cuire un thon à la broche sans risquer la moindre éruption.

Aucun mouvement sur les ponts, ni silhouette ni morfal à l'affût, zéro signal de commanderie. Force est de constater que seuls les marins du *Ghost* savent saluer bienveillamment les voiliers buissonniers, puisque nous autres on sortirait les tambours et les cornes, puisqu'on ferait du bruit pour dissiper la brume, tandis qu'ici rien du tout. Le navire abandonné a tout d'un leurre pour les anchois de passage et le matelot dépité baragouine entre ses lippes.

Si tu voyais le tableau.

Il finit pourtant par débusquer quelques traces de vie sur le méthanier vérolé. Ici, la carcasse bien entamée d'un cachalot adossée le long d'une sphère souillée et là, des cuves en plastoc liées aux chéneaux pour récolter l'eau de pluie. Une longue échelle de corde pendouille en diagonale sur le franc-bord jusqu'à toucher la baille et Petit Roux frissonne en surveillant les radeaux de fortune, dont les gréements cargués tanguent derrière le tableau du gros cul.

Debout contre la barre franche, il stabilise son corps en écartant les échasses, peaufine la mise au point et joue sur les molettes des lorgnettes pour affiner le grossissement. Ce faisant, il repère les fantômes furtifs qui se croisent sur les passerelles, en partie cachés par le bastingage. Et bientôt des trognes hirsutes surgissent des dalots, s'encadrent aux sabords et s'effacent bien vite, comme ça, pire que des diables à ressort, avec la curiosité goulue des tortues-luths ou des crabes-araignées qui se surpassent pour vous gober les globes et vous curer les os. On le laisse venir et on l'épie, on attend juste qu'il vienne un chouïa plus près.

Histoire de le cueillir à la cuillère.

Mais déjà *Balthazar* s'éloigne, le safran dans l'axe et les voiles sous le vent – plus bref qu'un coup de palme, plus preste qu'une volte caudale. Le paletot arrondi et la fossette collée au cintre, Petit Roux interpelle Câline. Depuis le fond de la baignoire, il demande comment c'est, de vivre claquemuré et à quoi ça rime, corbleu, d'attendre qu'un bateau coule. Un bagne en sursis, une nasse gavée de pinces à couper la tôle, c'est ce qu'il vient d'entrevoir. Voilà pourquoi le *Ghost* s'approche jamais de certaines croix, voilà pourquoi il se contente des clôtures de son petit territoire. Plutôt l'esquive que le carnage, prônait prudemment le Pacha, la curiosité d'avoir peur reste un vilain défaut.

Au lieu-dit sur la carte, Petit Roux dessinera une tête de mort au crayon de bois. Câline approuve secrètement. Câline la boucle. Câline gonfle comme si quelqu'un soufflait dedans. Le grand navire est privé de nom et ses marins sont nos revenants, pires que les taches sur les miroirs.

Certains bectent les morts.

D'autres les préfèrent vivants.

Entre bombance et ripaille, c'est désormais le quart du menu fretin, celui des ailerons trancheurs de tarte, la dernière plombe avant la brouillasse des nimbus et l'inévitable saucée selon l'agenda coutumier du ciel. Depuis l'odyssée du catboat et la pause paisible sur l'armada, Petit Roux navigue en épiant craintivement la chute monotone de l'Astre. L'espace baquette l'air contenu dans la flotte pour tricoter son tulle vaporeux, les éruptions sous-marines brumisent à tout-va et la nappe s'étale pour tapisser la table.

Le dernier point du cadran, c'est rarement celui qu'on préfère, foi de cantinier. La plupart du temps ça glisse mieux qu'une arête sous la glotte, mais qui sait ce qui nous guette avant que la vue nous revienne, quand la mer-immense enfile son camail d'écailles oxydées, quand on cherche en vain les pièces perdues du puzzle sans motifs. Comme la murène et la vague scélérate, la Camarde préfère l'obscurité et chacun redoute l'estocade et les embuscades.

Balthazar pique dans la plume à mesure que la houle enfle, qu'elle fait rouler ses broignes avec des mauvais airs de m'as-tu-vu-les-gros-bras. On dirait qu'il les redoute aussi, le fifty frileux, les plombes entre chien-de-mer et poisson-loup – il fouille les vagues, renifle ce qu'elles cachent. Le cadran clair a les orbites et le noir les esgourdes, comme on dit par chez nous, quand le suaire colle au bec et toque au tambour.

On grinche dans nos tanières, on se bannit des bannettes, on s'amenuise en miniatures. Le vent-rafale monte avant la brunante, les varangues vibrionnent et la flotte vient nourrir la clepsydre au compte-goutte – la marche funèbre accompagne l'effondrement crépusculaire. Les vagues bedonnent et majorent, mais jusqu'où ? D'accord elles sont grandes, mais grandes comment ? Ce qu'on sait, c'est qu'elles ont passé plus d'une fois le parapet du *Ghost* en lessivant les ponts supérieurs, en balançant des torgnoles dentelées jusqu'aux vitres du château.

Les hautes lames nous narguent plus encore qu'elles menacent vos petits continents. Nulle digue, nulle écluse pour se mettre à l'abri par ici, puisque nos cloisons reposent sur rien. Qui pourrait croire qu'on se la coule douce, sur nos rafiots de croisière ?

Le Royaume de l'Eau est le plus vaste mais c'est aussi le plus pauvre, et les îles prospèrent tandis que les marins crèvent. Rien à l'entour deviendra jamais fructueux, puisque nos richesses glissent toujours entre les dents du râteau. On mise tout sur le sort, des fois qu'il daigne, avec la nostalgie des ruines, des reliquats clinquants et des palais déchus du bon vieux temps.

Par mer plate et par temps clair, on se regarde vivre comme tout un chacun sur la flaque. Untel bricole, l'autre jongle et on se chafouine pour des breloques pire que des roulottiers de cambuse. On chante grivois pour hisser, paillard pour virer et salé pour sourire. Faut entendre ça, ma parole, la beuglante des gabiers et des quarts-de-rondiers.

J'ai fait trois fois l'tour du monde
Et j'ai rien vu d'aussi poilu
Ni plus belle chose au monde
Que le trou d'mon cul.

Mais au verso de la pendule, on supplie platement et pour chaque bruissement on festonne une peur nouvelle. Nos démons se nomment *Typhon*, *Tornade*, *Ouragan* ou *Cyclone* – oyez comme ils résonnent, comme ils mugissent, comme ils commandent au fouet du vent-furieux, à la guigne du fetch sans-gêne et aux lames assassines.

L'Empereur raconte qu'on leur donnait un blaze, aux tempêtes d'autrefois, pour qu'elles fichassent moins la trouille. On en est plus là, croyez-moi sur parole, on se fout bien de savoir qui tient le bout de la nageoire lorsque la claque s'abat.

On serre juste les fesses.

Balthazar a presque doublé la deuxième croix de la carte avant que la sorgue rapplique. Sans ralentir cette fois, en déviant juste d'une godasse de clown pour éviter la plateforme quasi submersible perchée sur ses gros flotteurs cylindriques. Tous les Fruits-de-mer la connaissent, pardi, la sulfureuse *Firth of Forth*, avec sa peuplade lubrique et son commerce d'algues fermentées, ses ripailles de saupe fraîche à gogo et de diméthyltryptamine à fumer. Tout le monde vante ses alambics dont les serpentins postillonnent l'eau ardente des laminaires sucrées. L'aïrag, parbleu, mais surtout le divin arkhi, venu des vapeurs du lait distillé des baleines.

Ben mes aïeux, quel larron troquerait point sa daronne pour une gorgée brûlante de baudrier de Neptune ? Qui cracherait sur le ravissement béat, la luxure pour tous, l'évasion lascive ? Rien que d'en causer, voilà la salive qui déboule et voilà mes paluches qui flanchent mieux que des barbillons d'aiglefin. Tout ce qui fourbit la rêverie est à vendre sur le boxon scabreux de la *Firth*. La harde libidineuse s'est affranchie des lois et du turbin pour pouvoir grailler à sa faim.

L'Empereur y est comme chez lui, connu comme le requin blanc. On potine même qu'il dispose *ad vitam* d'une cabine privée dans la plateforme démoniaque et le *Ghost* s'y amarre parfois pour se dégorger aux orgies moyennant des perles à gogo, moult cuirs puants et maints filets salés. On paie nacre sur l'ongle, car la maison se refuse au crédit, comme on dit par chez eux.

Balthazar cingle en catimini à une encablure convenable du pince-fesse flottant et Petit Roux reluque aux lorgnettes le village dépravé sur son socle. Le perchis tubulaire est bardé d'oriflammes bariolées, de yourtes claires et de wigwams sandwichés côte à côte. Les braseros flamboyants crépitent sous les premières gouttes du crépuscule et leurs fumerolles noircissent la voûte par-dessus le pointillé des lumignons. Le mômillon mâchonne, il souque d'un geste machinal sur l'écoute de grand-voile.

De la barbaque nue, des braillardes obscènes et des guirlandes guillerettes, voilà bien tout ce que la *Firth* brocante, moraliserait Câline.

Tu résisteras aux vices de la chair.

Petit Roux se recroqueville contre la barre, l'écho bosselé des youyous et les cris tonitruants des bordelières lui parviennent en épousant la tonsure. La pleurnicherie des binious et des cornemuses, ainsi que le pouls régulier des notes, plus rondes que la toux, frappées sur des fûts métalliques, lui déchirent le cortex en faisant grincer les molaires.

Partout des membres s'agitent pour faire venir l'intrépide fifty, on le siffle entre deux chicots, on le klaxonne à la corne de brume, on le huche à s'en décoller la plèvre, comme s'il s'agissait de lui tendre un bout de gaffe ou une bouée fer-à-cheval.

Petit Roux soulève à peine la paluche pour saluer l'houraillis, il serre les genoux sous la barre en jurant que non, merci bien, il fait que passer et ouste, le voilà qui calte déjà.

Cherche ton chemin sans agir par envie.

La cité de *Firth* sera détruite par le feu, promettait Câline, et l'incendie dévorera sa progéniture jusqu'au dernier brandon. La *Firth* sera ravagée et plus jamais il y aura de pèlerins, plus jamais de paroissiens dans les ruines submergées par les flammes et les flots. Tu éviteras les mauvais lieux, mon garçon, et puis c'est marre. Le commerce des rêves vaut moins que le silence de l'eau, l'immobilité nourrit le désespoir. Sauve-toi vite, Petit Roux, brûle la relâche et filoche sans flâner dans le guignon de la plaine.

Mais *Balthazar* tergiverse, le courant s'anordit et Petit Roux doit encore corriger sa route en choquant progressivement pour suivre le rail portant. Loin derrière lui, la plateforme se change en étoile chevrotante. Il existe mille sortes de fondus au noir, pensez donc, et aucun pour rattraper l'autre. *Balthazar* fulgure comme un poing tendu, il volette toujours sans grincher à quatre ou cinq nœuds et le vent-noctambule revient au travers, comme ça, poser son gros pouce sur le haut du mât. Le lest reste confortable pour contrer la gîte et rehausser la lisse. Si la torsion des courants demeure stable, si tout ce qui flotte s'efface devant l'étrave, il devrait s'en tirer sans trop de mal.

Le matelot resserre la mâchoire, il sait les risques qu'il prend à cavaler sans trop rien y voir. La moindre collision sonnerait le point d'orgue et le clap de fin, vous voyez ce que je veux dire.

J'espère que vous prenez des notes.

La deuxième nuit en mer commence donc ainsi, alors que le fifty entre poltronnement dans le drap brun, sans autre feu pour le trahir que la veilleuse à pétrole, celle qui jaunit les hublots et joue des ombres sur la bâche de Câline. On sait bien que vos navires pressés naviguent dans le borgnon, on entend parfois la spirale des hélices qui malaxent le flux mieux qu'un fouet dans ma soupe. Seuls les poissons savent où ils sont et si le *Ghost* laisse toujours brûler l'huile précieuse en vigie, c'est pour bien se faire voir afin d'éviter l'éperonnage par le premier harponneur venu.

Vos convois gris divisent la Mer-océane en lignes qui vont d'île en île depuis les trois continents. Ils chassent, croisent et fructifient tandis qu'on reste à l'écart comme on peut. La mer c'est la paix et la marge nourrit le centre – vous savez cela comme personne. Mieux vaut éviter les routes proscrites, puisque tout ce qu'un convoi croise coule sur-le-champ.

Marine sans voile, marine de gueux.

Chantent les matafs à tour de bras.

Le velours s'est encore assombri mais Petit Roux tient le bon bout. Le seul bruit qu'il goûte, c'est le bruit qu'il fait et le seul bruit qu'il fait, c'est le bruit qu'il entend – le silence de la mer, c'est des foutaises de sourdingues. Au point du jour, *Balthazar* sera au plus proche du Toubib et le gamin dégoulinant se raccroche à cette unique brassière. Il surveille constamment la cahute et le jardin en balayant le couvercle à l'aveuglette pour démasquer les potins du barouf et les motus suspects.

Le petit mousse a crocheté la lampe-tempête sur la main courante, juste au-dessus de Câline. Il se penche parfois dans le cadre de la descente pour mieux la regarder dormir.

La nuit, les vagues toussent, rotent, reniflent et les maigres renflements éclosent parfois en gerbes lourdes sur le pont du fifty. Poltergeists, farfadets, esprits frappeurs – tout le carrousel caracole derrière la toile.

La première goutte s'est posée sur son pif, la seconde un peu partout. Petit Roux navigue derechef sur le cadran noir, c'est terreur d'y penser et c'est pire encore de sprinter sans rien voir – Câline l'aurait jamais laissé faire.

Reste près de moi.
Prends point froid.
Et *tutti quanti.*

Balthazar dévale au taïaut sur la cambrure, le museau plus lourd que les cuisses, il biaise pour rompre les crêtes et casse net l'accroc qui se rabiboche sans cesse – on jurerait qu'il broute les lames directement au fond de la gamelle.

C'est un baldaquin de reine et c'est loin d'être sa première fugue, il prend juste le relais des épaulards.

Petit Roux tient la barre d'une pogne et le balcon de l'autre, tout occupé à faire un brin de vitesse avant la nuit sans fond. Il a renfilé le boléro en néoprène et s'est chiné un chapeau de ciré dans le bazar de l'Empereur. Faut l'imaginer pivoter de profil pour esquiver les baffes quand les javelles flanchent sur lui et se recroqueviller quand elles panachent leurs crachats.

Il compte les intervalles pour prévoir le déluge à venir – deux, trois, six et vlan, la saucée s'en mêle, le flux peine à fuir par les dalots de l'écumoire et les panards baignent dans leur jus.

On avance, clapote-t-il, c'est bien la seule chose qui compte. La drache vient parfois du haut et parfois du bas, mais le plus souvent des deux côtés à la fois. Le vent-rageur pousse la grand-voile réduite au tiers et le tourmentin claque mieux qu'un drap trempé. Seules les manches à air tournent le dos aux embruns, afin de tenir les fonds au sec.

Pour protéger le carré, le moussaillon a refermé le panneau coulissant sur le toit du rouf. La loupiote gigote en feu follet derrière le plexi des hublots et l'ombre de Câline valse et batifole contre le vernis pelé du lambris.

Sous la gouttière de la bôme, la petite baille d'eau douce est déjà pleine – c'est déjà ça de gagné pour éviter de pisser des pierres en buvant la mer. Et dans les entrailles du fifty, Câline ignore tout des limbes chaotiques dans lesquels son fiston la promène. La barbaque bien ficelée sur la couchette au vent, elle a ce drôle d'air ébaubi qu'elle aurait jamais eu vivante. Ce qu'elle sait et ce qu'elle ignore, à présent, c'est du pareil au même. *Soon to Rise,* affiche-t-elle fièrement.

Feuillage flouté et code matriciel.

Ores, ils sont deux sur l'océan des pluies, sans compter l'ami *Balthazar* – qui vaut ce qu'il vaut, s'il vaut quelque chose. Petit Roux serre les poings, genouillé dans le cockpit sans voir plus loin que le point d'écoute du tourmentin. Il expire lorsque la douche rapplique, il inspire juste avant qu'elle revienne et ça ressemble aux concours de claques dans le carré survolté du *Ghost.* Il anticipe la brûlure gelée du bouillon et la garce scélérate qui pourrait se cacher dans le chapelet des bobineuses. Encore une lieue, mâchonne-t-il afin de tenir encore.

Hardi, moussaillon.

Qui brave et veille gagne au matin.

La barre calée sous la cuisse, il se réchauffe les paluches au fond des poches et s'accorde de brefs roupillons qui rappliquent d'eux-mêmes pour lui bouchonner la couenne. Un laps chaque fois, rarement davantage. Le menton sur le genou et le cul collé au coffre, il s'éclipse sous la rincée en se crochetant à la ferraille du balcon. Les branchies déployées pour capter le fouillis du fretin qui fraye dans le bouillon, le plat bedonnant d'une orque pleine, les chatouillis cristallins qui glissent de la proue vers la poupe sans qu'on sache jamais à quelles écailles on les doit.

La mer-cruelle s'amuse parfois de la folie d'un équilibriste, puis elle se lasse et goinfre ce qu'elle peut. Le mousqueton dort sans dormir, puisque endormi et mort, c'est kifkif cabillaud. Il se repose juste pour chaperonner ses forces et rabrouer sa trouille. Calots ouverts ou fermés, de toute façon, il voit toujours la même chose.

Le retour angélique du jour rutilant.

⚓

Permettez du peu, faut bien vider son sac pour ménager les coutures. On est quand même plus vivants que des morts, quand on y regarde bien. Et pourtant, voyez comme un simple tampon d'écume suffit à moucher nos mèches, comme une seule brassée de brise nous éradique des gais pâturages – bye-bye, pissenlits et capitules. Ôtez-nous le flottant et vous nous verrez flancher jusqu'aux tréfonds du sous-sol. Après nous, comment dire, la mer-stoïque restera bleuvâtre ou noirâtre, selon le cadran *ad hoc*. Peu lui chaut qu'on périsse, la puterelle s'en cogne comme de sa première plage. La flaque a souvent le fumet d'un coulis de Fruits-de-mer et la berceuse nous fait oublier qu'on réside sur du vide. La noyade est notre premier chagrin, on l'époumone en naissant. Plus l'eau est profonde et plus elle se tait – le silence du monde nous dérange plus que le tumulte des hommes.

Allez savoir pourquoi on chansonne quand tout chancelle, quand tout chavire. Ce qu'on entend plus d'une fois, ma parole, on le sait pour longtemps. Le sortilège change les matafs en baleines, on devient nos propres sirènes, on mord à nos propres cuillères. Et désormais Petit Roux fredonne, avec les trémolos de la flotte qui lui gargouillent au goulot du tuyau.

Prenez bien garde, mes frères
De vous faire embarquer
Sur un navire de guerre
Où l'on vous fait crever.

On l'entend venir de loin, *Balthazar*, le sifflet de l'étrave le devance toujours d'une encablure et dans l'immensité circulaire, il y a que les dauphins et les orques pour répondre à l'appel. Depuis le premier tronc ciselé en pirogue, depuis la première nef en osier, chacun sait qu'un navire se déplace toujours pour une mauvaise raison – c'est à parier qu'elle garde le bipède en mémoire, la Mer-océane, à croire qu'elle se méfie des punaises patineuses, des vaisseaux vagabonds et des filets fantômes qui récurent toujours les bas-fonds pour des clous. Elle a choisi de couvrir la terre comme on couvre un feu pour étouffer les flammes, compresse honteuse, voile pudibond, elle se débarrasse lentement de la tombola d'atomes et de cheddite, de l'essaimage épidémique et de la prétention des capitaines à braver les typhons en fumant la pipe.

La caboche creuse et le ventre plein.

Une curieuse lueur irise la houle goudronneuse. La lune doit être ronde tout là-haut, par-dessus la doublure. Le fils bavarde avec l'océan pluvieux et le froid lui soufflette la face en lui gondolant les flancs. Il joue avec les remous du courant de marée, force sur le safran pour brouiller le remugle et pianote des talons sur le caillebotis pourri du cockpit. Il sait lire les drames dans les bulles, Petit Roux, il préfère se priver d'une joie pour s'éviter une peine. Qui d'autre pour entendre ce que les tourbillons colportent sous la carène ? Personne. Il espionne la fuite des harengs bien avant l'arrivée des bécunes, il connaît mieux que quiconque les fouissements furieux du muge, le discours blessant des nageoires et les cris de la proie. Son défaut de pavillon fait écho de sonar, micro-mouchard, réceptacle de stéthoscope.

Partout les becs claquent en affolant les fluides et la vie continue, pile là où on croyait qu'elle s'était arrêtée. Le fils félicite le loup et plaint la lisette, point-barre. Bien des fois il a demandé pardon en éventrant la blanchaille, bien des fois il a raclé les entrailles en retenant ses larmes, en laissant glisser sa lame sur les écailles.

Quand le marin mange un poisson, dit-on, la mer mange un bateau. Et quand on bazarde les viscères par-dessus bord, on sait toujours à qui la bisque profite.

On prête juste à qui saura rendre.

Du rorqual au plancton, des myriades de matriochkas organisent la survie des espèces. Jadis bien sûr, c'était différent. L'Empereur affirme qu'on sarclait la flotte comme les pâtures des troupeaux gras et que le fretin des mailles étroites devenait farine à bœufs, croquettes déshydratées, poussière d'épandage et quoi d'autre encore ? Les monticules d'épinoches broyés par la pêche minotière, ça doit bien vous dire quelque chose – allez prétendre que non. Selon sézigue, les proies devinrent bientôt plus rares que les rats et la grande crue de l'Inondoir fut la vengeance des cinq océans. L'Empereur connaît toutes ces choses que vous voudriez point qu'on sache.

La farce cachée de l'évidence.

Au mitan du cadran, Petit Roux s'effondre dans l'écumoire et *Balthazar* pivote aussitôt pour planter l'étai dans le lit du vent. Il a rien vu venir, le matelot endormi, il a tellement de flotte sur le râble qu'il croit d'abord au naufrage, à la voie d'eau, à l'épilogue fulgurant de la vague de trop. Il se reprend bien vite pour mettre le fifty à la cape, le tourmentin à contre et la barre bien capelée sous la toile. Ils dériveront ainsi jusqu'à l'aube, comme la baudruche d'une physalie dans le flux galopant.

Quillé sur son socle écumeux, le voilier dandine au beau milieu d'un napperon noir. Nul s'échoue contre une vague, objecterait l'Empereur, le courbeéchine des coups de chien, c'est juste un mauvais moment à passer et il est plus que temps de faire une pause. C'est miracle, déjà, d'avoir tenu la rampe jusqu'ici en bravant le calvaire des épreuves.

Petit Roux s'étire les nageoires, il dégringole la descente en cascade en prenant soin de bien refermer le panneau derrière lui. La puanteur humide du gourbi lui donne des haut-le-cœur, le lambris suinte et l'atrabile remonte tout le long de la tuyauterie. Impossible de tenir debout autrement qu'en torsade, suspendu aux mains courantes. Difficile de se mouvoir sans coudoyer les encoignures. La lampe-tempête s'est éteinte faute de combustible et le fiston farfouille dans l'obscurité pour aller s'étendre sur la couchette étroite, contre la bâche qui barde le corps gelé de Câline. Une fesse dedans et l'autre dehors, le mômillon dégorge des trombes depuis les trous des manches jusqu'aux ourlets des chevilles. Sa tignasse se répand dans la bannette et *Balthazar* grogne et geint, craque, souffre, soulève la carlingue et les varangues comme une cage thoracique.

Quand le fifty somnole, foi de mataf, c'est juste le diable qui le berce du bout du sabot.

Le matelot s'arrime à la civière pour explorer les montagnes russes tandis que Câline coagule, blottie dans le tube de son étui. Ferme les mirettes, ma daurade, subliminalise-t-elle. Et dehors la pluie picote, glougloute ou glapit sur le pont, dans les gouttières qu'elle improvise entre les rainures. Les plombes noires sont cachottières et la flotte met partout son grain de sel.

Petit Roux remue moins qu'une bernique – nul autre ronflement que le sien dans la panse maussade de *Balthazar*, oubliés les cris et les jérémiades de la harde, disparus les raclements des glaires et les coups perdus contre les cloisons du *Ghost*. La reine mère, toujours absorbée par la cartographie absconse du plafond, repose dans une quiétude jadis inconnue.

La bannette est étroite et chaque nouvelle vague menace l'équilibre instable du fifty. Petit Roux s'interdit d'agripper le giron de Câline comme le font les gniards pendus aux pondeuses. Il tend juste une patte dans la sentine et replie l'autre en traversin sous sa caboche pour amortir les soubresauts.

On est plutôt bien ici, caquette-t-il brusquement, on est toujours mieux que là-bas. Gloire aux lendemains qui chantent et gloire à la friche, au terreau plus collant qu'un hamac. Tu m'entends ? ose-t-il. Même semée au compost ou fossilisée dans l'argile, tu seras toujours plus haut que quiconque ici-bas. Bien sûr, il faudra que tu te fasses à la chambre sourde, au plain-pied immuable – mais si les Culs-terreux s'y clapissent, c'est que ça doit être surmontable.

Tu dors ?
Laisse un peu de place.
Cesse de frétiller.

Le *zérac*, selon les timoniers, c'est le fameux quart des cauchemars, celui qui assaisonne la deuxième tranche du cadran noir. Et le fragment d'euphorie a déjà bien fondu derrière le fifty. Le matelot rincé bâille et s'étire à s'en décrocher les nageoires. Collé à Câline, il lui semble l'entendre respirer – la bâche crisse, renfle et désenfle mieux qu'une baudruche corsetée. Le timbre maternel est demeuré intact dans sa mémoire, il pourrait presque l'imiter.

Si tu évites de louer les chimères pour espérer mieux et si tu t'épargnes d'attendre en vain, jamais tu seras déçu, ma daurade. Se mettre à l'épreuve du calendaire et laisser glisser, c'est souvent mieux comme ça. Dors un peu, les paupières plus fines que celles des muges qui filtrent les rêves.

Ni tendre ni prêter, voilà le secret du quant-à-soi.

Mon garçon.

Même si chacune de tes nuits s'achève par des oreilles coupées, abandonne-toi et tablerase si tu peux. Même si tu te sens plus seul que la veille, retiens tes larmes pour garder les calots bien au milieu des trous.

Ignore sans savoir, Petit Roux.

Renie tout ce qui fait froid, tout ce qui abîme. Snobe les ceusses qui t'ont fait du mal et pardonne ce qui fut, jusqu'aux broutilles qui chatouillent les caroncules. Jette tes remords au fond du puits, bien cachés sous les vases limoneuses et reste insensible aux kyrielles des vagues, au lamento perfide des Mânes et des Pénates.

Deviens carapace ou coquillage et claquemure-toi, les lippes cousues au nylon de pêche. Point de babil, garde ta salive au chaud et savoure ta tristesse en léchant le sel sur tes babines.

Emprunte aux morts, mon fils, sans jamais rien rendre et sans rien louer. Oublie le *Ghost* et la harde perverse qui fut la tienne, tamponne gaiement tout ce qui s'efface. Omettre de promettre, c'est rarement déplorer. Laisse juste venir, comme ça, jamais quand tu veux et jamais où tu crois. Tu verras bien au final, puisque demain commence bientôt.

Rêve sans t'assoupir et roupille sans t'en souvenir. Dors ma daurade, il y aura jamais rien d'autre que de l'eau au pied des arcs-en-ciel.

Tu dors vraiment ?

Je vous vois venir, vous autres Culs-terreux, avec vos silences pesants et vos conclusions hâtives. Patience et longueur de temps font bien plus que des ronds dans l'eau. C'est loin d'être fini, peu s'en faut, puisque le dénouement décide du commencement. Vous m'entendez ? Sans le tronc, les crocs touchent la queue, comme qui dirait, on met point le chalut derrière les lieus.

Tout débute donc par une sorte d'illusion qui vous fait croire dur comme fer que la vie d'untel vaudrait moins qu'une autre – celles des Fruits-de-mer contre celles des Pousse-cailloux, pour résumer à l'emporte-pièce. La belle affaire, convenez-en. En vertu de quoi et selon la volonté de qui ? Qui donc fait vos lois, par ici ? Où est le mage qui sacrifie aux astres ?

Le comble du troc, en vérité, c'est toujours de vouloir échanger un clou contre un marteau, vous voyez rappliquer le dicton.

Un tiens qui vaut deux tu l'auras.

C'est comme pisser dans un violon, si je puis me permettre, en toute franchise. Et la tare des coqs, ma parole, c'est bien de jacter pour les mouches. Salement seul face à vous qui êtes si nombreux. Seul comme une pieuvre manchote, un tourteau sans tenailles. Seul encore devant la cocotte, quand l'équipage au complet ripaille sur le pont et crustace ou dauphine nonchalamment, la trogne poulpeuse, l'air médusé.

J'ai l'habitude, voyez-vous.

Quarante marins à la louche, dont certains sucent encore les tétons ductiles de nos femelles affamées – la voilà, la harde glorieuse du *Ghost* telle que je la connais, votre redoutable adversaire. Quarante estomacs, guère moins et rarement plus, le double d'œilletons et plus ou moins quatre cents crochets pour prendre ce que la mer-amère consent à nous laisser. Des pourliches en pot-de-vase, des oboles en dessous-de-sable.

Des queues de chique ou des peccadilles.

Rien qui puisse torcher le groin des gouins.

Les ceusses de notre *engeance*, comme vous dites, mais vous savez que dalle en vérité. Pour vous autres, nantis nababs et bouseux ploutocrates, le vertige de l'inconnu commence dès la première vaguelette, dans les rouleaux qui ratissent vos litières. Et pour vous autres, Culs-terreux et Pousse-cailloux, on vaut guère mieux que les méduses exsangues et le fretin des petites mailles, on populace juste l'océan avec nos barques poreuses et nos instincts sauvages. On reste vos anthropophages exotiques, vos malotrus incultes, vos rustres sanguinaires. À vos mirettes, ça fait de nous les acolytes de l'Inondoir, des sortes de cobelligérants, des complices servant la folie des éléments.

Votre instinct de punir est puissant et vous nous trucidez pour l'exemple – probablement aussi parce que vous vous ennuyez ferme sur vos chemins de ronde. À titre préventif, dites-vous, pour éviter l'hémorragie et le débordement hors de contrôle des hordes invasives. La belle affaire, avouez. Et si parfois vous capturez nos femelles, c'est juste pour corriger l'âcreté de votre sang et rien de plus. Allons donc, on préfère ignorer ce que vous en faites, de nos sirènes disetteuses, une fois qu'elles ont pouliné dans la bourbe de vos gourbis puants.

Une ribambelle d'avortons palmés.

Vous m'entendez ? Si je vous dis les choses deux fois, vous les saurez peut-être mieux et si je verse mon cabas tout à trac, vous ferez votre choix comme il vous siéra. Déduire et vous taire, voilà donc votre credo. Chapeau bas, messires, faites bien ce que vous voudrez mais laissez-moi vous conter ce que vous ignorez encore, foutrebleu. Laissez-moi vous refaire la chanson comme on me l'a confiée, puisque l'épopée de Câline et Petit Roux, *in fine*, c'est la mémoire des marins que vous abhorrez.

Le livre du sel et des poings levés.

Si vous pensiez que je me fatiguerais à la longue, vous devez être bien déçus. Si vous m'imaginiez prompt à vous supplier, le fouet entre les pattes, vous pouvez toujours vous palucher ou vous jouer *Santiano* au tambourin. Le roulis chaloupant sous mes béquilles, c'est rien d'autre que le foutu mal de terre. On reste programmés pour ce qui nous supporte, nous autres damnés de la flaque, on sauvegarde toujours le tangage en souvenir. Les chaînes aux chevilles et les pinces aux deux pognes, ça laisse néanmoins la menteuse libre de frétiller contre la voûte.

De mon vivant, nul me fera déparler aussi sec.

Moi Blaquet, prisonnier survivant du *Ghost*, j'ai plus de mots qu'il en faut pour vous colorier la *mare incognita*. Des plombes que je bavasse devant ce miroir absurde et vous autres, vous vous gardez bien de m'interrompre – vous fuyez la polémique, le débat et la controverse, en évitant de chipoter sur ceci ou cela. À croire des fois que je cause dans le vide.

Hé ho ?

Vous m'entendez ?

[PIÈCE 16 – SÉRIE A2 – 16.0001A2/JC]
Livre de la Genèse

Et les eaux couvriront toute la surface de la terre.

Faire semblant, c'est regarder sans voir.

Une porte s'ouvre dans la voûte, par laquelle passent des cheveux argentés et un tiers timide d'aube crue vomie sur la layette. Au réveil, juste après le déluge nocturne, c'est toujours l'ankylose de la barbaque et la salive salée qui gratte au gosier pire qu'une saloperie de paille de fer. La puanteur s'infiltre dans la boiserie des garnitures, elle abreuve les fibres et traverse les vernis à la va comme je te perce. L'odeur charnelle du poste prend toute la gargue et tout le pif jusqu'à racler l'intestin à la spatule. Un bouquet de tombeau, comme un relent d'éperlan – de quoi vous couper la chique à quinze pieds.

Et tout autour la flotte papouille invariablement les varangues, la mer-joueuse aguiche, glougloute gaiement contre le maillot mouillé de *Balthazar* et c'est bien ce qu'elle sait faire de mieux, la garce, venir sucer la quille et le safran. Voyez comme elle mignarde, voyez comme elle se pavane pour qu'on pense bien à elle, des fois qu'on oublierait qu'elle est toujours là.

Les marins se démarient sitôt la sieste achevée et Petit Roux se défait à contrecœur du giron de

Câline. Il se délie de la bâche qui colle au pli du coude, au plat plus mou des abdos et de la cuisse, il se décachette du maigre renflement des mamelons avachis pour toujours. Il y a des choses pour lesquelles il faudrait davantage que le bon vouloir d'un fils, c'est comme ça, jamais on refera une bestiole complète avec les rogatons d'un court-bouillon.

Assis sur le bord de la bannette, le moussaillon secoue la caboche pour s'accorder les boiteux. La mise au point se fait sur l'extrémité de la bâche.

Un ergot noir.

Des cuticules croûteuses.

Et le *quintus varus*.

Dehors, ça clappe, ça faseye sous les franges cuivrées du martinet et *Balthazar* patiente en pointant pile au centre du cercle parfait. Même s'il fut bref, le roupillon a permis de vaincre la sorgue et il est assez tard dorénavant pour reprendre la route. Le fiston perclus de crampes se redresse comme il peut, renie l'origami, creuse la courbe des reins et se défroisse les écailles dans un crépitement d'aiguillons. Il tient plus ou moins debout, avec la tignasse qui époussette le vaigrage et les panards plongés dans la pisse froide de la sentine.

Le coulissement du couvercle illumine la cahute et Petit Roux reluque dévotement la voûte, comme pour une première aube. Depuis la deuxième marche, il se colle la paluche en visière pour protéger l'iris du clinquant. L'éclat fusille la rétine mieux que les cristaux du sel et la lumière consume tout ce qu'elle éclaire.

L'aurore commence toujours mêmement, en zieutant fixement l'azur, le dôme et l'orbe brouillon de l'horizon. Quoi qu'en dise la brise, même si la fringale tire plutôt vers la cambuse et même en dépit de ce qui urge, on remercie tout simplement, voilà, on s'émerveille d'un rien en blasonnant le bonus. C'est la règle de Câline, posée naguère quand elle était mouflette et tenue en rituel depuis lors – salue le soleil si tu veux qu'il revienne.

Qu'ils soient fastes ou néfastes, les cadrans clairs ont tous des teintes distinctes, c'est ce que la pimprenelle du *Ghost* apprenait à son barboteur. C'est toi qui choisis, arguait-elle en souriant, à chacun sa couleur et autant de pigments depuis Mathusalem. À primes, les pupilles décident du coloris du combientième et mieux qu'une humeur, c'est comme un indice pour dire le plat du jour. Après quoi, on tergiverse sur les reflets et les nuances, jusqu'à l'extinction des feux.

On fignole l'esquisse avec des fanfreluches.

Hier, c'était gris tungstène et céans, c'est rouge sang, chante Petit Roux depuis la baignoire rincée, en se raclant la gargamelle. Faudrait que tu puisses voir ça, maman, un rouge rutilant, flammé plus que de raison. Les couleurs nous promettent la félicité mieux que l'augure du *Ghost*, qui reste pessimiste quoi qu'il arrive. On leur fait raconter ce qu'on veut, aux teintes primaires, mais les nuanciers sont souvent contredits. Le rouge, tenez, ben ça peut être l'écueil comme ça peut être l'onguent – la merbromine, mettons.

La mer nous promet monts et merveilles, glosait l'Empereur, mais elle reste sans explications.

Fiez-vous-y et les vents et les voleurs viendront.

Petit Roux déambule sur le pont pour respirer les écheveaux de la bise sans-gêne. L'immensité cuivreuse de l'océan-pimpant est un décor en trompe-l'œil, un marbre feint pour y planquer des cheptels à foison. Depuis l'embelle, le gamin pisse en cloche par-dessus la filière et regarde distraitement l'écume tournoyer puis se perdre loin derrière.

Aucun mataf pour gueuler ce qui faudrait, aucun capitaine pour dicter ses ukases et c'est miracle, quand on s'y penche, d'être là où jamais les poissons iront. Le petit mousse fait jouer les muscles des trapèzes et craquer ses phalanges, tandis que ses talons résonnent sur les coffres boursoufflés du voilier. La flotte sieste en ruginant le trognon rouillé du lest, le fetch poitrinaire siffle du gosier, la houle croise et recroise ses cuissots mollassons sans trouver meilleure position.

Balthazar dandine toujours sur place et le mateluche en profite pour mener l'inspection générale des œuvres mortes, il secoue les cadènes, sonde la sentine puis s'engouffre à plat bide dans la soute pour vérifier le gros bouchon colmaté du presse-étoupe. L'étanchéité, sans conteste, c'est toujours notre raison d'être.

Pour finir, il étarque les drisses à bloc et remet la toile au portant – le cap droit dans le quart sud-est.

L'entrain raccourcit le chemin.

Après avoir bien asservi la barre comme il faut, le fiston se défrusque et ficelle les torchons de la veille entre les chandeliers, pour qu'ils puissent dégorger un peu avant la rebelote. Et dans la vasque rouillée, juste au-dessus des gargouillis du gouvernail, il commence la fumée d'un feu de bois flotté et d'algues sèches, emmitouflé dans les spores d'un plaid plucheux. Et revoilà qu'il chante à tue-tête, le petit gabier du *Ghost*.

Les larmes des belles
Glaçaient sur les dentelles
Pour suspendre au jour
La vie de leurs amours.

Plus flasque qu'un hublot de thon, le clapot clapote et la traîne cossarde trace une fois de plus son trait baveux au cul de *Balthazar*. L'eau douce pipaille à petits bouillons dans le pot métallique posé sur les braises, les plombes s'égrènent graduellement, la brise tresse la fumée en torsades – on pourrait dire que tout va bien, au final, sans trop se tromper. Le gamin sourit, le cagnard lui papouille gentiment le cuir et flétrit tout ce qui le gratte.

De jour, tout est toujours plus simple que la nuit. *Balthazar* cavale et Petit Roux fait un brin de ménage dans la cahute en grignotant un filet de lieu sec, en sifflant le jus suret d'un citron à peau verte. Il vérifie la sauvegarde qui barde le corps de Câline pour la border mieux qu'un nourrisson, sa bernardine, avant de sortir se dégourdir les guiboles sur le sentier glissant des passavants. Il surveille le périmètre tel un morse des eaux froides, le cou tendu pour braver la chape de plomb, tandis que le fifty surfe sur l'onde dans le sens du flux. Vous la sentez, l'ivresse de la vitesse ? Vous l'entendez, le roucoulement continuel des écoulements ?

Le bon chemin est une route de surface, la seule qui vaille au Royaume de l'Eau. Bientôt, la saison des hautes lames et des vents-gelés viendra tout compliquer, c'est chaque fois la même histoire et la neige sur le pont, comment dire, personne la souhaite, mais on peut guère rapprocher l'armada tout entière des douceurs de la Ligne, ni des nuées de Magellan.

Qui tient son cap contient le vent.

Petit Roux déblatère tout haut, proverbe ce qui vient, se berce et se rassure à l'écho relaxant de son propre timbre. Si *Balthazar* se trouve bien là où il pense, il devrait bientôt voir la gigantesque bourriche jaillir des taillis d'aubépine – la prochaine croix sera la sienne. Le Toubib est toujours mouillé au même endroit, on le déniche chaque fois qu'on le cherche vraiment. Même si le fil d'Ariane, sur la mer-immense, c'est pire qu'une ligne de pêche tendue entre les nuages.

On tâtonne sans jamais tracer les étoiles.

On furète à l'aveuglette.

Le fifty file ses cinq nœuds gaillardement, en pointillant la route pleine-balle telle une comète replète pendant que la brise tire sur les bittons et fait claquer les écoutes mieux que les schlagues des chiourmes. Petit Roux jubile en bombant le buffet d'un second de corvette, il corrige la barre d'un chouïa et les laizes gonflent leurs panses à s'en craquer les ourlets. Et puis d'un coup c'est là, vlan, juste devant lui – une impossible fixité, mieux qu'un volcan chevillé à l'horizon.

Muraille.

Ô Muraille.

⚓

On le connaît bien, mordienne, l'hôpital immobile. Ma pogne à trancher que vous le connaissez aussi, même s'il reste sagement à l'écart de vos rails. C'est là qu'on dépose nos béquillards, nos scrofuleux et les ceusses qui vont que d'une fesse. Parmi tout ce qui flotte au Royaume de la Mer, le corbeillard du Toubib est assurément la chose la plus reconnaissable qui soit. Un panier géant, en quelque sorte, posé sur l'eau comme un verso de tortue, avec la culotte toujours trempée et la panse plus creuse qu'un bassin à glaviots. La carapace est épaisse et les flancs pendouillent autour du ventre pondeur.

Les marins murmurent qu'il est fait en bois de gopher, en ramures de saule ou de tamaris, pleinement tressé de fibres de palmier toutes enduites d'un doigt de poix fondue sous trois doigts de graisse de requin – dehors comme dedans, sans mégoter. L'Empereur laïusse que le Toubib l'échoue toutes les dix cuvées sur les rondins de roulage d'un îlot lointain, là où mille pégouliers et de vrais calfatins le renduisent de bitume, de résine poisseuse, d'une cire plus grasse que le suif qui colle toujours aux pattes. Le Toubib a les moyens, pardi, avec tout ce qu'on lui cède pour retarder nos morts d'une pincée de lunes.

Le Rebouteux est un nabab, c'est clair comme du jus de banquise. On baliverne qu'il possède tout ce qui vaut quelque chose, et peut-être plus encore qu'on pourrait l'imaginer. Ce que le coracle a dans le bide, nul le sait vraiment en vérité, mais on bavasse des potins comme vous en raffolez, je présume. On bobarde sur les plantes vertes et les cales à pétrole, on jacasse à propos des barriques de vin de Styx, des coffres d'or fin et des philtres sibyllins, on pressent les élixirs de jouvence à foison et tout le saint-frusquin des terriers sorciéreux – vous voyez le topo ?

On élucubre même la panoplie des monstres abjects, dont on perçoit les plaintes dans la sorgue jusqu'à six lieues de là. Des râles d'outre-tombe, des ceusses qu'on reluque jamais *de visu* mais qu'on s'applique à désigner dans la lie des tempêtes.

Même les bonisseurs en perdent leur lutrin, ma parole, quand il s'agit de mythonner la bourriche. On colle dedans pêlemêle tout ce qui fait nos trouilles et tout ce qui aiguise nos envies, et voilà même qu'on en rajoute encore une lichette pour la route, parce qu'une idée nous est venue après coup. Ben mes aïeux, c'est peu dire qu'on a toujours des pétoches en rab – c'est plus fort que nous, on est les champions pour changer les grondins en requins.

Foin de fumée sans feu.

On rapporte que le Toubib garde avec lui la descendance de tous les êtres vivants, de toutes les plantes et de tous les animaux, sauvages ou domestiques, cela depuis le jour funeste où la mer s'est affranchie des plages. On mensonge qu'il connaît le secret de l'Inondoir, on charlate qu'il détient tout ce qui vole depuis que la flotte a confisqué les perchoirs. Et tout ce qui marche et tout ce qui rampe, par couples de chaque espèce.

Les démons qui ont ordonné le Déluge lui ont confié en douce les échantillons et le secret de la longévité des spécimens. Des lions liés aux lionnes, des hyménées de hyènes, des paires de poux, des duos d'ours et je sais trop quoi encore pour peaufiner l'inventaire. Serpents mâles et femelles, brelans de corbacs, mites et mouches, doublons de zébus, lézards bizarres, poules et coqs lubriques, vers ronds et plats de la bourbe et du corps, criquets et caracals

– tout y est deux par deux, ma parole, pour chaperonner les laitances et faire fructifier les semences.

Finalement, les ceusses qui manquent à l'appel devaient point servir à grand-chose dans le foutu bric-à-brac de la chaîne alimentaire.

Les uns montent, les autres descendent.

Petit Roux se frotte les nageoires, le tournis lui remue la cervelle mais il gagne du terrain. Plus *Balthazar* approche, plus la bourriche croît dans des proportions invraisemblables. Le fifty se cravache, il donne de la bande en gommant le relief – depuis le temps qu'il a le cul dans l'eau, le bougre sait reconnaître les cabanes. Il fonce droit sur l'Arche en se tortillant poupe et proue, semblable aux marsouins qui sirotent nos eaux noires sous les passe-coques du *Ghost*.

Quand on y regarde bien, le corbeillard tient le flot comme par magie. Comptez au bas mot huit tonnes de cordes de feuilles et de fibres, ajoutez le double de poix puis le triple de teck pour maintenir la structure, et vous obtiendrez peu ou prou le crobard du coracle. Vous le voyez, le mastodonte ? Sortez vos calepins, pour vous mettre à l'échelle. Sachant que le panier fait dans les deux cents coudées de long, cinquante de large et dix de haut. Vous y êtes ? Vous le tenez, le nombre de tonneaux ? Et l'âge du capitaine ? Vous devez encore vous représenter la somme tremper au centre de Mirovia – même les grandes bleues passent pour des tacauds à côté du tonneau. Au menu de ce monde, vous pouvez me croire, vous trouverez jamais rien d'aussi foldingue.

L'Arche ovale est couverte d'un toit à double pente, percé pile au centre par un assemblage vertigineux de pins de mâture. Avec sa vaste toile brune bien ferlée contre la vergue, le gréement carré forme une croix monumentale et, plus bas, les plus grosses vagues mordent le goudron sans que le panier bouge – on pourrait le croire posé sur le fond.

Petit Roux l'aborde sans méfiance, ni repérages au préalable. Sans les précautions d'usage, surtout, qui régissent les conditions d'utilisation de la flaque. Il vient d'affaler les deux voiles et *Balthazar* se contente de venir chattement sur son erre. Avec son foulard sur le crâne, son glaive glissé dans la ceinture et l'arbalète ligotée au paletot, le gamin maigrichon ressemble au squelette d'un corsaire archaïque.

Il accoste le coracle en prenant appui sur l'avant du liston, sans trop heurter la bedaine. Le brai durci sonne mieux que la tôle et le matelot frappe dessus sans vergogne, du plat des paumes, bam-bam-bam, c'est comme jouer du tambour pour réveiller le diable en personne. Il appelle le Toubib en gueulant de toutes ses cordes, Petit Roux, il siffle avec les deux index plantés dans les gencives, la caboche à la renverse. Jamais il a vu le panier d'aussi près, sinon aux lorgnettes depuis la passerelle du *Ghost*.

Ni bruit ni signe.

Nulle âme qui vive.

C'est sacrilège d'arraisonner le corbeillard ainsi, vous en conviendrez, c'est outrage de croire que le tintouin d'un gamin outrepasse le strict respect des procédures d'accostage. Il y a des règles, corbleu, puisque l'Arche est notre bien commun et puisqu'il en existe qu'une seule à la ronde. Seule la faim pourrait justifier les moyens, en fin de compte, même si la force prime sur le droit, la force reste toujours à la loi. Quiconque le sait, la loi est parfois le fait d'un seul mais le plus souvent elle est la même pour tous. Pour qui la craint comme pour tous les autres, honni soit qui la transgresse, misère à qui enfreint les pactes, décri aux rustres et aux pétrousquins qui posent un arpion sain sur l'Arche hospitalière. Malheur aux ceusses qui vivent comme aux ceusses qui cadavèrent, menaçait Cassandre à la moindre occasion.

Personne se manifeste pour recevoir Petit Roux et l'Arche tout entière paraît plus déserte que la plaine à l'entour. De longs cordages pelus dégoulinent mieux que des franges depuis les bordées d'oyat. Le gamin y arrime, bien serrée, la remorque de *Balthazar* – une fois à couple du coracle, c'est peu dire que le fifty paraît riquiqui. Le ressac est restreint mais l'escalade de la muraille reste périlleuse. Imaginez le parapet, voyez l'escarpe façonnée en falaise devant vous. Point de poterne, zéro sabord, nulle écoutille.

Le matelot crache dans ses pognes, empoigne comme il peut la première liane et hop, il s'élève à la force des allonges, comme ça, mieux qu'une étrille pendue par les pinces.

Reste coite, petite mère.
Je reviens.

L'imposante besace pue la résine, la boucane et les saveurs foutraques de la glèbe et du pétrichor. À mi-chemin, le grelin trop rêche lui brûle déjà les pattes pire qu'un tentacule urticant. Petit Roux tire encore, se hale et se hisse toujours plus haut, jusqu'à dépasser enfin les barres de flèche de *Balthazar*. Il déguste, le petit gabier du *Ghost*, en suant contre l'enceinte brûlante.

Bientôt il doit faire une pause, les membres tortillés à l'aussière et le bourrichon toujours versé pour épier le surplomb. Il tétanise et tous ses muscles papillotent comme s'ils glaglataient sous la bise – pour le tout-venant, pardi, ce serait le plongeon garanti. Mais au final, il se déficelle en cinq sec pour chimpanzer la longue liane jusqu'au bout.

Quand il débarque enfin sur le pont du coracle, le fils défouraille bravement son glaive en faisant un tour complet sur le talon – fleuret d'estoc, phrase d'arme et sage retour en garde. Ben mon bonhomme, la surface gigantesque est encombrée de caisses empilées, d'amarres mal lovées, d'un bric-à-brac de barriques, bastings, madriers ou chevrons imbriqués sous le couvercle du toit.

Les voilà étalées devant lui, nos modestes oboles, nos maigres aumônes à la science des sérums et des soins. Des babioles et des bagatelles, des fûts de stockage, des tas de tôles et des cages rouillées. Parmi ces dernières, l'une est reliée au croc d'un mât de charge et l'ensemble, replié sur le bordé, semble prêt à l'emploi.

Une paillasse pouilleuse en tapisse le fond.

Tout ce que je vous raconte ici, je le tiens forcément de Furieuse, puisque c'est bien la seule parmi nous qui a foulé pour de bon le plancher de l'Arche. Faut bien dire que notre cargo s'approche jamais trop près du corbeillard quand il vient livrer ses crevards, non, nous autres du *Ghost*, on déploie juste l'ancre flottante et on reste à distance, on se contente de charger nos moribonds sur l'un des catboats et zou, ils glissent directement sur le brancard adéquat. On les installe au mieux dans la cage avec ce qu'on peut d'offrandes pour satisfaire le Toubib. Du cuir, du pétrole ou du shirako de morue, parfois même du hákarl faisandé à point.

Sinon encore, pour un mouflet mal en point par exemple, le nec plus ultra c'est un kiviak exquis de petits pingouins fermentés sept lunes dans la panse d'un phoque.

Un repas de roi.

Adonc, disais-je, les poulies grincent et la cage tangue, elle remonte lentement la paroi goudronnée pour livrer son fardeau tandis que le catboat revient poireauter près du *Ghost*. C'est la procédure, voyez-vous, l'azur est grillagé pour les mourants façon filet maillant. Et nous autres, on fait les pouces-pieds pendant des plombes avant qu'un pavois daigne grimper sur le pommier du coracle. L'ordonnance est sans appel – un fanion carmin pour entériner la calanche, un vert émeraude pour attendre que la cage nous revienne. Seuls les miraculés redescendent, puisque le Thérapeute conserve les expirants. Les deux fanions simultanés, ça signifie qu'il faudra revenir plus tard et donc porter plus d'offrandes.

Pour patienter, on parie à qui meurt gagne sur la couleur du drapeau et les poissards maudissent le tissu en fouillant les musettes pour quelques perles nacrées, des osselets, des bitoniaux ivoirins issus des coffres personnels. Mais ce qui prime avant tout, c'est le diagnostic et les conclusions du Toubib – jamais quiconque les contestera, foi de mataf, car pour ce qui est de la science du vivant, on a rarement notre mot à dire. Depuis les passerelles du *Ghost*, on reluque point autre chose que la cage bringuebalante pendue au mât de charge. À croire qu'il y a personne pour conduire la manœuvre, à croire que c'est l'Arche soi-même qui distribue les cartes.

Sans pioche, face cachée.

De mémoire de gouin, nul a jamais pu bigler le Toubib – ni ombre ni silhouette, rien de rien. Les rescapés nous sont toujours rendus sommeilleux et le *Ghost* s'en retourne cahin-caha vers l'armada. À ce petit jeu-là, on s'épargne bien des questions, puisque les ceusses qui reparaissent ont la mémoire vide, les bougres bredouillent avec les orbites en cerceaux qu'ils sont montés puis redescendus, point-barre. Et puis quoi ? L'Arche, ils ignorent ce que c'est, nos malheureux amnésiques, quant au Déluge, il faut de nouveau leur expliquer par le menu. Ils sont guéris et c'est bien tout ce qui compte, en définitive, le marin tire sa force de sa survie comme l'eau le fait de sa source. Et pour le reste, disons que le Toubib s'y entend en philtres et en potions.

Il y a souvent trois ou quatre navires qui poireautent dans les parages. L'Empereur appelle ça *le paradoxe de la feuille de thé* – quand la mer s'agite, on se retrouve tous le cul collé au même endroit. Et jusqu'à ce jour, ma parole, chacun respectait scrupuleusement la procédure. Chaque navire chargeait ses youyous pour mener ses patraques au Toubib.

Sans lui, on serait cannés plus d'une fois.

Le Rebouteux distribue les remèdes, l'Esculape connaît la science des entrailles et l'herbier fantasque des algues médicinales. Il maîtrise l'alphabet des viscères et l'oracle du foie – qui est le miroir du ciel, selon notre brave Cassandre. Lui seul sait quoi faire des rébus quand le bouillon sanguin jaillit de l'œil ou du pénis, quand la fièvre calfate les rides, quand l'appendice diffuse son pus dans l'abdomen envenimé.

Oyez, Bêtes-à-pain, le Toubib recoud les chairs, assèche les diarrhées, purifie les orifices et rouvre les rétines par des onguents de fiel. Voyez comme il reboute les fémurs brisés et nous libère des abcès plus ardents que des braises, notre bon Samaritain.

Faut bien admettre qu'il cautérise, rabote, estropie, gargarise, avulse, excise et saigne mieux que quiconque sur l'océan des pluies. Vous connaissez la rengaine – nulle autre richesse qu'une science juste et une bonne santé. Avec nos microbes en vase clos, nos infections tournent en rond et ce qu'on lui refourgue, au Morticole, ça se renifle difficilement. On le dérange rarement pour un simple bourbillon, pardi, même les crabes repousseraient des mandibules ce qu'on lui balance dans la cage. On lui confie nos mourants et parfois il nous les rend vivants, voilà notre pacte tacite, notre protocole opératoire.

Tout cela pour vous expliquer qu'on baguenaude jamais en toute impunité sur le rafiot du Guérisseur. *Le dernier quart du coracle*, c'est le songe qu'on fera juste avant de clamser et même les mômillons sont tôt prévenus – dès que les tifs ou les chicots choient, dès que la fièvre flambe ou que le galuchat vire à la pelure d'agrume, on murmure le nom de la corbeille funeste. Et la rumeur infuse, irradie, enfle mieux que le gonocoque dans les pires recoins des coursives.

Le panier du Rebouteux, c'est juste le gaillard des miracles, un cloaque pour les claudications d'éclopés, un dispensaire pour assainir les dysentériques. C'est notre morgue aussi, là où le tombereau décharge régulièrement ses pelletées de purulents.

Et voilà que notre bleusaille flibustière s'y pavane, vadrouille, clampine mieux qu'un goujon en goguette. La terrasse pontée est plus vaste qu'une piste de danse et même si l'humidité racornit la portée, le point de vue doit bien élargir le cercle. Le plancher semble plus mollasson qu'une pelisse de méduse et le bitume glue la plante des palmes.

Chaque pas soulève des filaments de crins noirs.

Cacao d'écorce ou caoutchouc fondu.

Petit Roux s'égosille en faisant valdinguer les caisses vides à grands coups de latte. Le dépotoir est un bric-à-brac composé de fiasques éparses, de conserves ouvertes, de restes de rostres ou de vertèbres en vrac. Il continue à beugler, pardi, il fait comme chez lui en fouinant, furetant et farfouillant. J'imagine qu'il souffle cette foutue note stridulante, depuis la fente des incisives. *Trrriiilllii. Trrriiilllii* – c'est toujours sa manière d'appeler, vous savez bien. Quand soudain une chose criarde lui répond. Puis une seconde, avec un bruit de gosier strangulé au nœud coulant.

Mu-raille.
Mu-raille.

Circonspect, le matelot se rapproche à petits pas prudents de la collerette d'étambrai. Il brandit sa machette en repoussoir, paré au pire, en glissant juste un patin devant l'autre. Imaginez ce qu'il bigle, foutrebleu, c'est à s'en répudier les rétines.

Un oiseau.

Et encore un autre.

Deux becquants en plumes et en os, deux véritables piafs bien plus vifs que sur les images usées du *Petit atlas des oiseaux du bord de mer*. Vous l'avez, le tableau ? Faites un effort, sortez les chevalets, les gouaches et les fusains. Si l'Empereur pouvait lorgner ça, foi de Blaquet, il s'en boulotterait la baveuse.

Des poissons du ciel.

Tels des cerfs-volants.

Deux perroquets papoteurs au garde-à-vous sur les quatre doigts écaillés de leurs petites pinces. Deux aras dodus aux bedons carminés, les ailes turquoise, le tarin crochu et la queue tangonnée en vadrouille de pont. Et des lentilles perçantes qui vous borgnent l'une après l'autre, mais jamais en même temps. Les cocos restent crochetés comme des peluches sur un monticule de tubes rouillés.

À leurs pattes, au beau milieu des fientes vertes et des coques vides, un pochon déborde de fruits d'arbres, d'algues en granules et de véritables grains de semence. Et quand l'un jacte, l'autre lui répond aussi sec, du tac au tac – pataquès et galimatias, à croire que les cabotins jumelés brocardent le gouin et son glaive, à croire qu'ils se gaussent des intentions du gosse.

Des piafs, mordienne.
Quand Câline saura ça.

C'est toujours prodigieux d'envisager l'impensable et dans notre monde raplati, faut bien avouer que la seule chose qui volette, après l'exocet, c'est la mouche à gober – celle qui jarte du ver quand la viande faisande. Par ici, les piafs ça existe guère plus que les tournesols, les taupes ou les guêpes.

Petit Roux s'approche de plus en plus près. Il s'accroupit telle une pieuvre prête à bondir, les ventouses ouvertes, il tend la feuille et renifle la volaille en gonflant les cercles des naseaux. Les deux oiseaux surpris vibrionnent du plumeau, se déhanchent et sursautent avec des manières de sommités outragées. Ils s'ébouriffent la huppe et soulèvent des empennages plus lourds que des pans de cape. Les becs s'écarquillent, ils fouillent le fond des plumes et les griffettes se crispent sur les tubes en crissant.

Mu-raille.
Mu-raille.

Petit Roux les guigne sans trop bouger, la gueule en grand et les phalanges frétillantes. Il voudrait bien les palper du bout des coussinets, pensez donc, flairer la tiédeur du duvet, effleurer le plumage. Mais il se contente de tendre la paluche, comme ça, pour leur barboter des graines qu'il gloutonne goinfrement. Les cocos s'offusquent et baragouinent leur sabir furibard.

Et c'est à ce moment précis que tout bascule, vlan, dans un déchirement de charnières, dans un crissement de merluche, une trappe s'ouvre en grand tout près de sa guibole et le canon d'un tromblon pointe ses arceaux rutilants sur le tarin de Petit Roux. Il est chargé, couine une voix de fausset. Une voix nerveuse, impatiente – le ton présage rien de bon. Le Toubib jaillit du trou sans même baisser le canon et les perroquets ferment leurs caquets.

Aile contre aile, ils tournent le dos.

Petit Roux le calcule aussi sec, le Toubib taciturne. Sans jamais l'avoir vu, c'est comme s'il le connaissait déjà. Le scieur d'os fait à peine les trois quarts d'une toise et il est abondamment velu sur tout le corps. Et boursoufflé avec ça, bouffi comme l'hippocampe parturient – un vrai monceau de barbaque. Ben mes aïeux, c'est quelque chose d'imaginer une bestiole pareille au beau milieu de l'océan et c'est bien la première fois qu'il voit le baquet d'une baudruche, le fiston en cavale. Faut admettre que sur le *Ghost*, nos râbles sont si maigres qu'on devine toujours l'horizon par le trou des nombrils.

Le Thérapeute est torse poil, affublé d'un lange étroit noué sous le pli du bocal. La pelure est tendue sur la panse mais fripée tout autour, comme si on avait négligé de tout gonfler pareillement. Les poils font des raies huileuses et des tourbillons gris qui fusent dans tous les sens.

Écoute-moi, siffle-t-il.

É-coute, canonnent les deux piafs.

Pose ton glaive, fais point l'enfant.

Essayez donc de vous mettre à la place du lardon pétrifié et partagez sa frayeur, la suite vous donnera raison. Petit Roux sait bien ce que c'est, pardi, un fusil à canon scié. Même s'il en a jamais vu autre part que sur les gravures de l'Empereur, il devine la poudre noire tout au fond de l'âme, l'index sur la détente et les billes de plomb tapies dans les tubes. Si on bouge, on meurt – comme deux et deux font quatre.

Le Toubib rôde autour du matelot comme un squale claque-faim, avec la gueule gourmande du pèlerin quand il bâfre au gueuleton des noubas planctoniques. Il reconnaît parfaitement *Balthazar* et désigne le canot d'un geste vague.

Donne la corde au voleur.

Il se pendra lui-même.

La brise soufflette et la voûte pèse. Le bruit plat des pilons sur le bois et les railleries des aras se mélangent en bouillie de grabuge. Le mômillon tient toujours la machette dans son poing, sans plus bouger d'un cil. Il laisse le canon du barbon glisser lentement en caresse sur ses côtes, sur l'épaule, sur la clavicule, sur la cicatrice de sa feuille manquante, le long de ses pattes aussi et jusqu'au creux de sa croupe.

Alouette – ô gentille alouette.

Le gamin devine la gerbe qui lui déchiquettera la chair, lui rossera les os et percera l'écorce d'une pluie de pieux pointus. Il fait le noir sur le vacarme à venir, cherche ses mots, calme la cavalcade du palpitant qui lui pianote sur les tempes. Et quand il se lance enfin, c'est comme s'il babillait pour la première fois. Il explique pêlemêle le *Ghost*, Câline, la goinfrerie des gouins et le salut par la fuite, comme ça lui vient. Il jabote qu'il lui faudra une lune complète, *a minima*, pour dénicher le bon lopin terreux. Une litière confortable, précise-t-il naïvement pour qu'on le comprenne bien. Le corps compromis de Câline doit pouvoir patienter jusque-là, c'est son seul souhait, la seule chose qu'il demande. C'est pourquoi il s'est permis de venir mendier un répit.

Pour qu'elle vive enfin sa meilleure vie.

Petit Roux dégoise au plus vite sans jamais déparler, c'est tout juste s'il fait des pauses pour mâchouiller son message. Ma pogne à trancher qu'il grime le ténor de l'Empereur pour jouer les cadors, il y va franco et *subito* en espérant encore convaincre le Morticole de se pincer le nez et d'enfiler ses mitaines. Il doit le presser d'épurer Câline de fond en comble, avant l'assaut des bactéries gloutonnes.

Le rush des asticots carnassiers.

Il balance tout de gob la sale fringale des galeux et la promesse clamée à la proue du *Ghost*. Il dit *maman* comme disent les mouflets des nichées chouineuses. Il convoque la clémence et la charité bien ordonnée, loue la sagesse du Pacha, blâme la barbarie de l'Empereur.

C'est si simple de plaider qu'il est seul à présent, foi de paria, nul le reverra de sitôt. Il clame le droit du corps à se mettre en terre, il invoque les lois et les dogmes tant qu'à faire, avant d'asséner qu'il a de quoi casquer comptant. Du cuir d'ours et de morse, aguiche-t-il en boniment. Une pleine nourrice de gasoil, du stockfish à gogo et puisque tout ce qui est dans *Balthazar* est à lui désormais, il le cédera volontiers contre une simple toilette mortuaire.

En vérité, il a que son cul et ses canines.

Des clopinettes.

L'homme ricasse et les perroquets piaffent. L'eau salée donnera jamais du lait, tranche le Toubib, et pour oser commander à la nature, il faut d'abord savoir lui obéir. En somme, l'effronté vaurien lui demande de faire mourir plus longtemps – la belle affaire. Le bajaf gonfle des bajoues de poisson-ballon, il pérore et jubile en salivant. Tu viens connaître ce qui est secret, persifle-t-il en poussant sur le falsetto, en approchant sa calebasse duvetée de la nuque de Petit Roux. Selon sézigue, aucun mataf peut voir le monde comme il le voit, puisqu'il sait déjà toute chose bien avant qu'elle soit. C'est affront d'avoir apponté le coracle et c'est blasphème de vouloir renflouer une carne.

Garde ton suaire, gâche point les vers.

Le Toubib se lisse le front et secoue sa pétoire comme une épuisette. Il est peu rodé aux vivants, le Morticole. Ni colloques ni causettes avec le commun de la patientèle, ça fait une paie qu'il est le seul à s'entendre marmonner, à se confesser soi-même et à s'objecter sans motif. Nul peut se permettre de fouler la table des peuples, dièse-t-il d'un air sévère, personne sans être mort ira par le domaine des morts – chacun sa place et la flaque sera bien gardée.

Et puis quoi, chicote-t-il encore.

Elle est déjà cannée, la puterelle.

Le Carabin démoniaque exulte et continue de tourbillonner autour du gamin avec le pelage rebroussé par la brise. Un embaumement, grince-t-il avec dégoût, pouah, on se fout bien des falourdes quand on s'épuise à raccommoder les moribonds.

Quant à ce gouin béjaune, ce borgne d'une esgourde qui lui rapporte une charogne – comme s'il en avait besoin. L'inventaire est complet, c'est ce qu'il pépie en toussotant des postillons de sang. Il appuie la ferraille du fusil contre le derche de Petit Roux.

Je veux ce que tu vends.
Je prends ce que je veux.

Ça dure juste le laps d'un claquement de phalanges et guère plus, vous pouvez me croire. Petit Roux pivote prestement, s'empare du canon et le soulève vers le toit dans un craquement fumeux de caronade, vlan, les aras fusent comme des feux de détresse, sans que le vioque ait rien vu venir.

Le mousse lui fourre la crosse au plus loin dans le mou, comme ça, jusqu'à bomber les lombaires. Il lui appuie aussitôt le tranchant du glaive sur la jugulaire et le Toubib apponte sans piauler. Sur le bois flotté, entre le pouce et l'index de Petit Roux, il a juste le temps de voir l'intaille noircie d'un cœur gravé.

Si tu bouges, je gouge.

Les piafs retombent lourdement sur leurs tubes en perroquant comme des barjos. Il y a quelque chose d'effrayant dans les yeux du garçon, comment dire, quelque chose qui brille pour la première fois. Sans relâcher la pression du glaive sur la glotte, le fiston contrôle son souffle comme s'il remontait d'une apnée par paliers, tandis que le barbon éructe et crachote.

Petit Roux inspecte l'âme brûlante de la pétoire avant de l'envoyer valdinguer par-dessus bord. T'as rien compris, articule-t-il de sa plus grosse voix, je vais tout recommencer. Ensuite, tu t'occuperas d'elle bien comme il faut. Si tu veux vivre encore, tu la feras durer deux lunaisons au bas mot, c'est tout ce que je te demande.

Et le Toubib geint et glapit.

Pose ton glaive, fais point l'enfant.

Peine perdue, vous pensez bien. Petit Roux remonte péniblement deux aussières roides et râpeuses, l'une après l'autre, puis il ligote le Toubib avant de le faire basculer d'un bloc depuis la rambarde. Vlan. Le Toubib râle plus fort que les aras, son ventre velu valdingue contre le calfat et s'arrête en pendulant deux brasses avant la baille – tête-bêche, comme le pendu des tarots. Le moussaillon le regarde branler du chef jusqu'à ce que l'aussière s'immobilise.

Le calme revient vite, les eaux remuées finissent toujours par s'éclaircir. Le Toubib pend mieux qu'un thon et la perroquerie s'est tue. On pourrait jurer qu'ils tendent le cou, les deux guignols, pour reluquer le maître déchu au-delà du bastingage.

Aucun navire visible sur les cinq bons milles qui rayonnent l'horizon. Le havre de l'Arche semble aplanir la houle et verdir la surface à l'entour comme si la flotte roupillait sur la nappe. Rien qui presse désormais, le petit mousse déplie le mât de charge, vérifie les gardes et tire fort sur le cartahu pour soulever la cage. Il la fait pivoter et descendre en grinçant jusqu'au ras du ressac.

En quelques bonds de singe, le voilà déjà sur le pont de *Balthazar*, à tirer sur les grelins pour rapprocher le voilier du nichoir. À vingt pieds seulement, l'Esculape jappe et nasille au bout de son fil, on dirait une sorte de poisson-lune hameçonné à la traîne. Sa bedaine lui permet peu de contorsions et sur le pelage arrondi, on jurerait voir une sorte de trogne hirsute avec les tétons qui s'écarquillent. Le gamin l'observe un moment, en pliant le cou pour le remettre d'aplomb. Le Toubib se débat mollement. Chien de gouin, piaule-t-il en rageant d'une nageoire.

Bâtard du *Ghost*.
Pépin de bordelière.

Une fois la cage bien arrimée à la filière du fifty, Petit Roux tire de toutes ses forces sur la bâche pour extraire Câline de la bannette et la hisser dans la baignoire. Le corps a repris du mou, il épouse d'abord poulpeusement les quatre marches de la descente, puis le rebord du seuil avant de pouvoir débouler à l'air libre. Pouah, le puant de Câline pique l'avaloir, titille l'estomac, dégoupille les capsules lacrymales. Deux cloques opaques lui berniquent les orbites, comme si on avait craché dedans.

Elle le lorgne vaguement, son tout-petit, faut dire qu'elle semble loin déjà. Il la tient par les bracelets en lui montrant la bourriche et le monstre poilu qui frétille à l'envers, puis il embrasse le dôme chromé et l'Astre au méridien, la houle qui vêle sous les papouilles du vent-blasé, l'orphie jaillissant d'une crête pour embrocher la lumière. Tout ce qui mérite attention, pardi, pour peu qu'on sache bien regarder.

Le fils reprend la bâche par les coins, il la guide et la pousse tout entière sur la paillasse pourrie du clapier. *Le dernier quart du coracle*, c'est maintenant ou jamais. On y est, hoquette-t-il en s'épongeant d'une manche.

T'inquiète.
Je suis là.

⚓

Hisser la cage est plus facile que de haler la cruche. Ondine ou nixe, peu importe, la sirène à queue de poisson est bien vite extraite de la nasse. *Soon to Rise*, feuillage flouté et filasse des tifs dénoués en pagaille, la dépouille ensachée de Câline gît désormais près de la trappe sur le pont de l'Arche, semblable aux encornets fichés dans leurs fourreaux flagadas. Les aras se renvoient des balivernes à la raquette, ils ergotent, dandinent, mentonnent vers l'emballage en tapant sur les nerfs du mousse.

Genouillé juste à côté de la relique, le Toubib se frictionne les abattis. Il godaille, le bougre, ses calots boitent sur Câline en souhaitant que le sel conserve les momies endormies. Petit Roux, qui a repris son glaive juste avant de délier le barbon, s'égaye à lui frotter l'acier sur les joues comme s'il allait le barbifier au coupe-chou. Il a ramassé une pleine pogne de graines qu'il picore du bout des lippes. Trente cadrans et autant de nuitées, radote-t-il, pour qu'elle puisse demeurer pile comme elle est maintenant.

C'est bien tout ce qu'il exige, le pirate en vadrouille – que le Toubib fasse ce qu'il faut pour mériter de vivre, point-barre. S'il échoue, le gamin fanfaronne qu'il le crèvera sur-le-champ, qu'il le saignera comme il faut avant de le bouffer sur place, fileté en marinade avec le duo becteux en guise de zakouski. Et puisque le naturel nous revient en crawlant, diriez-vous, il commencera par les morceaux gras pour être sûr que le pansu survive jusqu'au bout de la découpe. En julienne, brunoise ou mirepoix, il l'épilera puis l'écaillera jusqu'à le rendre digérable. Le Toubib grimace.

C'est déjà pourri, miaule-t-il.

En désignant Câline.

Petit Roux lance quelques graines dans la jungle du torse velu. Qui peut juger du bois par l'écorce, rétorque-t-il avec des cosses d'orge coincées dans les gencives. La face grise de Câline émerge en capitule de la bâche et le Toubib louche toujours dessus. C'est en évitant de clamser qu'on vit le plus longtemps, peste-t-il. La science de médecine pousse d'un sens comme de l'autre et pour sauver une patte, il faut parfois trancher la pogne – chacun voit selon ses besoins.

Le Rebouteux hésite, soupire et secoue sa calebasse. Nul fils doit entrer ici avec sa mère, parole d'Officiant. Dans l'Arche sacrée, on pénètre toujours deux par deux, mâle et femelle, comment dire, dans l'ordre des choses. Ni fardeau génétique ni mauvais allèles, il y va de la pérennité des espèces.

Le Thérapeute s'exalte, il étincelle en brandissant l'index mais quand Petit Roux lève brusquement le glas au-dessus de son crâne, voilà soudain qu'il ondule, implore et supplie piteusement. En vrai veau-marin, il rampe sur le flanc pour montrer le pertuis par où il est venu – un filet froid d'air fétide s'en échappe. Entre ici sans inquiétude, bougonne le Toubib.

Je m'y suis fait.
Tu t'y feras.

Tous trois s'enfournent alors dans l'obscurité méphitique de la grotte, plus noire qu'un fond de cale, plus sale qu'un trou qui pète. D'abord le Toubib qui brouette à reculons les paturons de Câline, puis Câline dont l'empaquetage tiraillé crisse en pliant comme une tôle, et Petit Roux enfin qui la croche par le col d'une seule pogne. Vous l'avez, la procession branquignolle ? L'échelle se perd dans la nuit permanente du corbeillard et chaque barreau vaut une brasse en allant vers le fond.

Un bruit blanc.

Quelques plocs.

Et des grincements lugubres.

Petit Roux se souvient alors des mots de l'Empereur, sur le pont du *Ghost* – *là où le soleil va, le Toubib entre point*. Une simple histoire de vitamines, selon Câline, mais à présent ils s'enfoncent bel et bien tous les trois dans la crypte, vers le fond du sépulcre. L'odeur y est puissante, comment dire, bitumée, tourbeuse, ammoniaquée, pire que le compost immonde des latrines du *Ghost*. Ni hublots ni écoutilles pour faire entrer l'air et la lumière du dehors, mais partout des lumignons cireux clignent sur le calfat des membrures. C'est à peine si on décèle la flopée d'épontilles qui charpentent le coquillage pour soutenir l'arche thoracique.

Le cortège décline prudemment, s'assure au bambou des barreaux, mesure chaque enjambée et se soumet à l'embarras du fardeau jusqu'à rejoindre le premier palier – là où les vraies gémonies commencent. L'attelage est hésitant, parfois chacun tire vers soi et le linceul s'allonge, parfois les deux le repoussent et la dépouille plie. De part et d'autre, on devine le mitard des alcôves, les cachots des reclus et le nid de guêpes des cellules attenantes, toujours encagées par des claies en bois de saule, closes ou éventrées. Le matelot fantasme les râles et les ruades, il ravive la crierie des agonies et des ombres épaisses viennent parfois lui lécher la trogne. La souffrance est pugnace, elle pisse aux quatre coins pour marquer son passage.

Grouille-toi le mou.
Fais gaffe.
Regarde où tu talonnes.

La spirale intérieure est une sorte d'escalier vertébral, un vrai squelette de tornade colimaçonnant en épissure autour de l'arbre jusqu'à son emplanture. Petit Roux rétracte ses griffes sur l'angle des marches, bute contre le crâne de Câline, flagelle des échasses et s'obstine à bloquer sa respiration pour émousser la pestilence. Il sue comme sous la flamme d'une fièvre, le petit gabier du *Ghost*, il serre sa machette entre ses babines pour pouvoir changer de pogne et reprendre des forces.

C'est bon, tranche-t-il, on avance.

Et le Toubib sourit en alignant deux rangées de crocs blancs. Tu mates mes loupiottes, babine-t-il, tu peux être certain que t'en trouveras jamais sur ton cargo cradingue, des vraies ampoules électriques. Une seule bougie et hop, l'Arche flamberait mieux qu'un tanker de brut. Le Toubib toussote, crachouille, sa voix grêle racole jusque dans les geôles, ses courtes pattes talonnent à reculons et les tenailles peinent à garder leur emprise sur les chevillons de Câline. Il maîtrise pourtant la descente, le Morticole, il connaît par cœur l'intervalle des degrés, le crobard des paliers encordés aux lambourdes, la courbure lisse et douce de la rampe sinueuse. Parfois, il s'arrête un instant pour s'appuyer aux poteaux, aux tresses de roseaux qui lui tiraillent les poils du torse. Il prétend qu'une hydrolienne, fixée sous le coracle, lui offre le jus qu'il faut pour l'éclairage et pour tenir sa place sur la flaque.

Pourquoi s'encombrer d'une ancre quand trois hélices valent dix miséricordes ? Il cabotine, le Toubib, fier comme un broc d'opaline. Le calfat est loin d'être parfait, mais la pompe de cale suffit à sortir ce qui entre et l'Arche suce la flotte à mesure qu'elle s'emplit – la mécanique vibrionne depuis le tréfonds du panier.

Petit Roux progresse en jetant des œillades suspicieuses autour de lui. Il s'habitue à l'opacité, devine les lacis de chaînes rouillées, les gamelles cabossées et les paillasses d'où jaillissent des gerbes de joncs et des poupées d'étoupe. Parfois, un éclat cligne dans un trou d'ombre – les osselets jouent du miroir pour mieux se faire voir. Le fiston se raccroche au brancard à charrier et quand il se risque à mentonner sur le reliquat des alcôves, le Toubib gazouille et fleurit subitement. On appelle ça un fiasco, mon garçon. La lionne a mangé le lion et moi j'ai mangé la lionne, la chèvre et le bouc ont brouté le goudron, le nœud des couleuvres était trop serré et le scorpion s'est empalé par le crâne. Même les cousins du lièvre ont disparu, à croire qu'ils se terrent toujours dans un coin.

On est ce qu'ils furent.
On sera ce qu'ils sont.

Le timbre aigu du Toubib ricoche mieux qu'un thrène dans la charpente. Tout est vain, psalmodie-t-il, le Fléau a libéré les pluies torrentielles des barriques du ciel et le Fléau a débondé les fontaines surgissantes qui séjournaient sous la glaise. Après l'Inondoir, on trouvait guère plus que des barboteurs ahuris sur la mare et depuis lors, on culbutote sur les eaux mélangées. La vraie question, pardi, c'est ce qui restera quand la rouille percera le fer, quand le mérule morfal goinfrera le bois, quand l'hydrolyse achèvera les sandwiches résineux des coques à cloquer.

Petit Roux connaît le refrain, il se laisse caresser par la berceuse et tous les récits de l'Empereur s'emmêlent dans sa mémoire. Il les arrangeait à sa sauce, sézigue, quand venait le temps de la lecture. Il inventait les pages perdues, rajoutait des tomes, feuilletonnait des suites ou truquait les épilogues équivoques. Parmi les fables préférées du fiston, il y avait celle où des quidams restaient captifs durant trois cadrans des entrailles d'un gros poisson – cétacé ou grand requin blanc, ça dépendait des fois. Un squale asthmatique, disons, avec un pacha boiteux et borné qui voulait toujours le dépecer coûte que coûte. Ils s'en sortaient par un grand feu, comme ça, en faisant tousser la bestiole.

La perte ou le salut.

Ils descendent toujours plus profond, à croire qu'ils ont déjà passé la ligne de flottaison. La rétine s'arrange avec l'obscurité comme l'ouïe s'habitue au silence lorsque les mailles rétrécissent. Mais pour l'odeur, foutredieu, c'est une autre paire de manches. Disons qu'on s'acclimate comme on s'acclimate au froid mordant, aux douleurs piquantes et à la faim de loup. Ammoniac, eau croupie et pampine fermentée – vous la sentez, dites voir, la tambouille du panier ? Petit Roux ravale des grumeaux glaireux de mollusques faisandés.

Le troisième palier est plus vaste que les deux autres et le plancher ovale esquisse une estrade pour grands comités. Le colimaçon les charrie sur une sorte de perron dégarni, avec Câline en trait d'union. Pour continuer plus bas, il faudrait désormais s'engager dans une trémie étroite, mais le Toubib la contourne en tirant la dépouille vers le centre de la piste. Le fondement de Câline racle le lattis du platelage.

Dans la lumière faiblarde des veilleuses, un grand caisson se dresse devant eux. Un assemblage de plaques en cuivre rivetées sans aucune ouverture. Le Nautilus est une vraie maison dans la maison, deux boisseaux bardés de manchons s'en échappent pour grimper jusqu'à la toiture en longeant le pied du mât. Le Légiste recule en halant la bâche. D'un coup de talon, il ouvre une porte qui pivote en couinant.

On y est, glousse-t-il en montrant l'officine.

Entre ici, petit gouin.

L'éclairage du fortin contraste avec le reste et contraint les calots à froncer pour éviter l'éblouissement. Ils pénètrent cahin-caha dans la tanière et le Toubib commande au garçon de refermer le sas après lui. Des tubes en verre dépoli enluminent la pièce mieux qu'un zénith de saison froide. De bas en haut, les cloisons sont quadrillées d'étagères qui dégueulent leur fatras poussiéreux – tapons de tissus tassés, piles de pots, pyramides de cantines, rangées de brochures moisies. Et des bocaux à foison, bien alignés les uns contre les autres sur le pourtour.

Petit Roux épie tous les recoins du laboratoire. D'un côté, un plumard rouillé sous une paillasse galeuse et de l'autre, une lampe d'examen pendillée à la verticale d'une table haute.

L'étrange luciole du dragon des abysses.

Des bistouris effilés, pinces, stylets, ciseaux courbes et droits, curettes torves et grattoirs pointus sont disposés dans un plateau métallique, sur l'inox clinquant de la table étroite. La quincaillerie semble propre et prête à l'emploi, il y a plus qu'à se servir sans compter. Un poêle massif crépite dans l'angle du paddock et des flammes orangées gigotent derrière le croissant noirci du judas. Un seau à cendre, une cruche à eau – juste le nécessaire.

Deux bouches rondes apportent l'air frais du dehors au ras du plancher en tôle larmée, tandis qu'une autre, perchée au plafond, évacue le trop-plein vicié vers les cieux. Petit Roux inspire goulûment, la douceur des parfums du bois brûlé lui dénoue enfin le gosier. Il lape le vide, biberonne des gorgées d'oxygène pour tenter d'assainir la boyauterie, cherche à puiser un brin de force pour bien articuler les mots *embaumement* et *momifier*.

Pouah, geint le Toubib en brimbalant la dépouille sur le billard, elle a le lard qui lâche, *celle-là*. Petit Roux vacille en refluant vers le poêle, il s'assied sur le rebord de la paillasse alors que le Toubib cisaille déjà la bâche verte sur toute la longueur. *Soon to Rise*, brocarde-t-il goguenard, pendant que le gamin livide malaxe le manche de son glaive. Le fiston ravale des pelotes sucrées de laminaires – il s'en faut de peu qu'il dégobille ses tripes.

D'abord la noix, puis le cerneau.

Le Légiste enfile l'un après l'autre ses dix pouces dans ses gants sales. D'abord, on prend un tube d'entrée et on le plante comme ça, directement dans la carotide. Ensuite, on branche un second tube dans la jugulaire, pour la sortie cette fois. Hop. C'est plutôt simple, tout compte fait, on pousse juste le ruban sinueux du sang, on l'expulse pour le remplacer par une liqueur formolée – la nourrice est tout au bout du drain, planquée sous le sommier.

Après coup, on vire les viscères puants et on cure l'abdomen comme les ramequins des jours de fête. Et quand les seaux débordent, on les balance pardessus bord. Faut voir ce qu'on retrouve dans la gousse grenue des gouins, ce qu'ils empiffrent s'éclipse rarement du jour au lendemain. Ça fait partie de nous, la merde et les moisissures, ajoute-t-il d'un ton conciliant. Petit Roux lui hurle de se taire, mais l'Esculape continue de plus belle. Il convoque Paracelse, Paré ou Pasteur – je la vide, d'accord, mais qui la guérit ? Sans les microbes, la vie deviendrait impossible et l'œuvre de la mort serait incomplète.

Ferme-la.

Fais ce qui faut.

Sinon quoi ? Le barbon abandonne aussitôt les ciseaux et les gants sur le poitrail de Câline, il lisse son pelage au gras des paumes avant de soupirer longuement, la mine excédée, en grommelant qu'il faut laisser du temps au temps, quelque chose comme ça, tout en claudiquant jusqu'au poêle afin d'y coller une bouilloire bosselée, dans laquelle il verse la flotte claire d'un broc et quelques filaments d'algues secs. La tisane gazouille pendant qu'il ronchonne en fouillant l'encombrement des étagères pour en retirer une première timbale, puis une deuxième – il souffle un bon coup dedans pour soulever la poussière.

Ici règnent toujours le silence et la paix, grince-t-il juste avant que le fils s'emporte. Rien pour troubler les ordres légitimes, mon garçon. Seulement le silence, seulement la paix. Écoute avant de regarder et regarde avant de comprendre.

Tout ce que je sais trahit mon ignorance.

L'horripilant Rebouteux verse son breuvage dans le godet, puis il l'offre à Petit Roux. On a bien le temps, marmonne-t-il en renouant son lange au plus haut sur les hanches. Il fixe un bon moment le gamin, sa timbale et le tranchant de la machette. Le bec froncé en cul de poulpe, le Toubib se contente de souffler sur le pourtour de sa moque émaillée. C'est chaud, geint-il avant de déposer son infusion inentamée sur le couvercle du poêle. Et voilà qu'il se dandine en fredonnant bruyamment – ses index miment les baguettes d'un chef, les vers lui viennent avec l'orchestre.

Tous les vivants boivent la joie
Aux mamelles de la nature…

Sa voix bizarre claironne ou carillonne entre les cloisons métalliques de l'enclos. Les trémolos caracolent, on pourrait croire qu'ils sont dix brindezingues à sopraniser autour de Petit Roux.

Elle nous donne baisers et vendanges
Un ami éprouvé par la mort
L'ivresse s'empare de la vermine
Et le chérubin se montre aux dieux.

Le Toubib pépie gaiement tandis que le matelot assoiffé se brûle les lippes et la gorge. Tous boivent aux mamelles, nasille-t-il encore – allez prendre vos leçons dans la nature, comme dirait l'autre. Puis il s'en retourne vers la table en sautillant sur la pointe des arpions, renfile ses maniques et s'empare d'une longue seringue grise. Depuis le rebord du pucier où Petit Roux s'est assis, le corps nu de Câline ressemble à un sépion sec dans la lumière froide.

Un mollusque malléable.

Point de magie.

Nulle sorcellerie.

Avant de lui raccommoder le râble, on purifie l'ensemble avec un distillat d'autrefois. C'est rare par ici, l'alcool des fruits, c'est plutôt dispendieux et on l'utilise toujours avec parcimonie. Les vivants le sirotent et les morts s'en imprègnent, allez savoir pourquoi. On ajoute quelques élixirs biocides pour éliminer les organismes nuisibles, les bactéries invasives, les virus perfides et les champignons malveillants – tout ce qui contrarie l'expansion naturelle. On incise délicatement tous les muscles, les uns après les autres, pour y faire entrer le sel à la petite cuillère et on bourre des tampons d'étoupe dans chaque orifice afin d'entraver l'humidité, puisque la garce pourrit ce qu'elle peut. Après seulement, on bardera ce qui reste au plus serré avec des bandelettes de draps de soie et chacune sera ointe d'une demi-phalange de poix qu'on étalera soigneusement à la spatule.

On balancera les entrailles, jappe le Toubib d'une mine gourmande, mais on gardera le fiel, le cœur et le foie, qui sont des remèdes utiles. On emprunte aux macchabs ce qui radoube les mourants – le réemploi, c'est la clé de voûte du temple médical.

Tout est là, prêt à servir.

Petit Roux siffle cul sec le reste d'infusion brûlante, puis il se relève et déambule pour reluquer les rayonnages. Chaque bocal porte un nom gravé sur un fragment d'écorce. *Alf... Barbie... Calico... Canine... Chinobu... Fille-de-fer... Guzmàn... Koxinga... Mengde... Morsure... Moody... Shimizu... Teach... Worley...* Il y en a pléthore, des beurriers alignés – certains plus ou moins troubles, d'autres plus ou moins poussiéreux. Une palanquée de bocaux et dans chacun le même jus figé, la même gelée compacte tassée jusqu'aux couvercles cachetés par une cire épaisse. Il grimace, le mateluche, il se demande ce qui
valdingue ou
chaloupe ou
chancelle mieux qu'un esquif dans la tempête.

Le lazaret crépite, grésille et rue comme si on l'envoyait d'un seul coup satelliser l'espace. Collapsus ou flavinite, ça commence par la suée et le vertige d'un simple malaise. Ça commence aussi par une méchante brûlure, qui grimpe de la panse vers la glotte en perforant l'œsophage. Le sulfureux breuvage fait des ravages, des palpitations de castagnettes, des picotis sur la rétine qui duplique et duplique subitement tout ce qu'elle zieute.

Avec la languette en cale sèche, surtout.

Gluée aux babines aveulies.

Petit Roux perçoit le choc lointain de la moque, la cloche du glaive qui choit sur la tôle comme sur un gong. C'est bien la dernière chose qu'il distingue, puisque tout le reste s'émiette dans un lent, un très lent maelström. C'est comme se noyer j'imagine, car une fois la flotte rendue dans les éponges, il doit bien rester un hublot ouvert pour voir le monde continuer sans nous. Et l'ombrelle maléfique se déploie au-dessus du mômillon flottant – rouge sang ou rose plaie, laminée à la mandoline.

Un ciel sans mer.

Le ciel des cieux.

La pluie d'escarbilles gravite et volette dans l'écrin qui se referme implacablement. Une galaxie gazeuse, hachée de flashes glaçants, zébrée d'éclairs qu'il pourrait presque palper, pour peu qu'il récupère ses pognes quelque part, car il a beau fureter tout autour, il trouve que dalle – ni corps ni ombre, c'est comme s'il s'était dispersé, Petit Roux. Évaporé. Volatilisé. Un spectre sans drap, comment dire, une sorte de feu follet éteint. Il lui reste plus qu'à renaître, désormais, il lui reste plus qu'à retrouver sa méduse immortelle pour rejaillir de l'embryon et l'accompagner précautionneusement jusqu'à la promesse d'un pré.

Il sent bien qu'elle est juste là.

Diffuse, fusionnée à l'air brûlant.

Le summum de la guigne, foutrebleu, c'est bien de flancher pile-poil au mauvais moment.

⚓

Le trou d'homme est un vrai cloaque, pire qu'une crevasse – un anus d'anémone. Petit Roux s'extirpe tant bien que mal d'une fente olivâtre qui bâille en gueule de loche, glutineuse en diable, pire que poisseuse, ointe par des soies d'arachnides. D'abord par le haut du carafon, ensuite par le cintre en jouant des cervicales et des coudes. Il bat des palmes, s'anguille en spiralant pour émerger d'un bloc, mais son buste trop mastoc freine et force pour arrondir l'ovale. Avec l'énergie du désespoir et le peu de prises dont il dispose, avec l'obstruction du bassin dont le renflement lui fait l'effet d'une chevalière refluant le bourrelet de l'annulaire. À force de gambiller à tout-va, ses guiboles s'éjectent du cratère en giclant foutrement.

La mort revient après la naissance.

Un remugle végétal l'accueille aussitôt. Comment vous l'expliquer, pour que vous la humiez bien, cette fragrance chlorophylle gadouilleuse à gerber ? Comme il était doux, tenez, le glacis inodore de la Mer-océane et quel bonheur c'était, d'avoir rien d'autre à flairer que soi-même. Le mousqueton se débat dans le velcro des gratterons, il se dépatouille dans les rhizomes de liserons, les filaments de chiendent et les lianes qui s'entortillent à sa tignasse pour le tenir captif.

Dégage-toi, s'ordonne-t-il secrètement, en arrachant le lierre par brassées entières, en dégommant les racines et les tubercules, en enrageant contre les piquants des chardons qui perforent la substance cireuse du vernix.

Qu'on le laisse éclore pour en finir.

Dans les miroitements de la brèche, il devine un vrai pan de ciel bleu posé sur une forêt luxuriante et, plus loin encore, un fatras rocailleux dont seules les pointes émergent des mousses spongieuses. Nulle part aucun bruit, ma parole, c'est comme si on lui avait tassé des tampons d'étoupe jusqu'au fond des tuyaux.

Libère-toi.
Viens me voir.

Quand le matelot se redresse enfin, la poussière des pollens lui roussit les rétines mieux que la fleur de sel. La bruine diffuse pétille et postillonne, elle irrigue tout d'un brouillard plus délicat qu'une broderie au fil de soie. L'éden feutré reste bouche bée – le silence est roi. Le moussaillon titubant trébuche en franchissant la brèche, il traîne à ses trousses un écheveau lianescent, aussi piégeux que la filasse des physalies.

Le cagnard consume la brume et dévoile une sorte de terrasse taillée dans un rocher de sardoine. Il y vient à tâtons, Petit Roux, en pelotant la paroi de jaspe, la corniche en zellige de béryl, le parapet d'émeraudes d'où dégueulent comme d'une treille de grosses grappes de lapis-lazulis.

L'ensemble papillonne mieux que des perles argentines.

Je suis là, crains rien.
Viens me voir.

Petit Roux s'installe en vigie pour tout lorgner à sa guise. Partout des fleurs en guirlande et partout la mousse moite, mouillée comme au point de rosée. Faudrait vous pincer pour y croire, aux montagnes abruptes qui font rempart autour du parc parfait. Quatre fleuves massifs jaillissent en trombe des murailles rocheuses et cascadent en pluie fine pour crachiner sur le verger verdoyant. En tous lieux, le jardin baigne dans une harmonie primitive, un élan de fraîcheur et d'abondance que Petit Roux méconnaît forcément. Des bourdons dodus et des abeilles dorées batifolent en essaims – vols synchronisés, mystérieuses murmurations. Des libellules diaprées et des papillons bleus fusent en chapelets depuis le trou de sa feuille manquante.

Le marmot ébaubi se défend de crier.

Ma voix guide tes pas.

Et des fruits d'arbres partout, parbleu, des pépineux en grappes capiteuses, des baies bariolées en abondance et des drupes bien mûres et charnues comme il est probable qu'elles le furent autrefois. Figuiers et grenadiers se dressent sur le velours des fraisiers jusqu'au contact d'une petite lande d'azalées, de bruyères sucrées planquées sous les parasols des pins solitaires. Et partout des nuées tourbillonnent, voyons voir, ici des pies en livrée, là des huppes fasciées et des geais moustachus – je vous laisse poursuivre l'inventaire. Le flappement silencieux des colombes messagères et des passereaux par ici, comme ça, pour mélanger la poudre dorée des pollens dans la lumière vernale.

Plus loin encore, les oliviers tordus étendent leurs ombrelles sur les pâtures enchantées. Quand bien même on découperait une par une toutes les images de l'Empereur, la fresque resterait largement en deçà, vous pouvez me croire. Encore faudrait-il pouvoir accorder les formes aux couleurs, encore faudrait-il trouver la trame et le canevas exacts du jardin remarquable.

Viens à moi sans nulle peur.
Je suis là.

Petit Roux se cambre et s'étire, il déploie l'imbroglio des tendons et des muscles froids. C'est plus fort que lui, faudrait qu'il débarque enfin de son perchoir – comment rester stoïque quand tout fait attraction ? Faudrait encore qu'il puisse tripoter, qu'il puisse palper pour mieux y croire. C'est miracle de pouvoir lorgner ce qu'il lorgne, foutrebleu, c'est magie de pouvoir flairer ce qui l'entoure à présent.

Il s'engage sur une volée de marches étroites, creusées à flanc de falaise, puis il dégringole les parterres, se faufile entre les fanons bruns des racines et s'avalanche en roulant dans la pelouse parfaite d'un pâtis de pâquerettes, un boulingrin de pensées sauvages, de fluets myosotis.

Le petit Robinson du *Ghost* se frotte au plus profond du tapis moelleux. Il sanglote de joie, lâche les écluses et chigne et chiale comme si le jus des larmes pouvait refermer la glaise sur la graine.

Trouve-moi.
Hâte-toi d'arriver.

Et le voilà qui se relève d'un bon coup de reins, cabriole et galipette comme pour éprouver la rigidité de la mise au sec. Délivré du houlement coutumier des flots, le mousqueton zigzague à sa guise dans le décor féerique. Sans fatigue ni souffrance, il se faufile entre les troncs rehaussés de lumières faibles et fortes, gratte le lichen des ongles, comme ça, juste pour le saupoudrer ensuite entre le pouce et l'index. Il lèche suavement la rugosité des écorces, fait ployer les rameaux, ricoche sur les goulottes des ruisseaux et s'accroupit parfois pour flouer les naseaux des troupeaux.

Dépêche-toi.
Je t'attends.

Petit Roux épie la crinière du félin vautré près d'une biche pleine d'un faon superbe. Daims et bouquetins cabriolent entre les colliers d'ipomées, de clématites et de jasmins enivrants. Les loups enlacés lanternent et ronronnent, les truffes fourrées sous la fourrure tandis que les frelons folâtrent sous des églantiers qui portent fièrement leurs roses jusqu'à la cime. Chevreuils, chèvres et girafes paissent dans une quiétude olympienne.

Partout de quoi ripailler comme on fricote la gazelle et le cerf en civets. Partout de quoi bâfrer et pourtant nulle part nul banquet, ni boucherie ni carnage – zéro gueuleton. Aucun appétit, tenez, comme si l'air saturé de fragrances suffisait à combler les instincts du cheptel.

Le matelot suit les chemins creux, des pistes de Sioux tracées par les griffes, tassées par les sabots, lustrées par l'ondulation des reptiles. Les rigoles facétieuses sont brodées de sarriette et d'aromates, elles serpentent depuis le travertin des piscines creusées par le burin des cascades. À mesure qu'il progresse, le ciel s'empourpre, les feuilles jaunissent et quand la silhouette apparaît à l'orée d'un bassin miroitant, Petit Roux la reconnaît sur-le-champ.

Sans aucun doute, même entre mille.

Câline se baigne nue au pied de la muraille, sous une cataracte d'interminables franges argentées. Elle soulève délicatement sa chevelure dans le creux du coude – nul geste serait plus gracieux qu'icelui. Le galbe de la première guibole est abrupt, l'autre un brin replié. La nymphe crayeuse est cambrée par un abdomen bien ballonné, car elle est prégnante, corbleu, la naïade enceintée.

Sous le peigne ombrageux, le crépuscule flamboyant joue avec les rubans cristallins du baldaquin et de fines lamelles découpent et raturent l'aquarelle. Câline se caresse doucement, elle déplace sa paume sur la bosse de sa panse – houri céleste, ranimée comme naguère. Et soudain tout paraît excessivement vivant, dans le jardin d'éden.

La licorne diaphane.

Et le bain de sang.

Petit Roux s'élance tout de gob vers sa créatrice et le voilà qui galope sous les rinceaux d'acanthe et de vigne, piétinant sans vergogne les tapis d'ancolies, éparpillant la poussière des étamines, bondissant par-dessus les lys, évinçant les courtines pesantes des passiflores et du chèvrefeuille pour revoir Câline revenue du calvaire. Son vagissement muet lui décroche une mâchoire de crapaud de mer.

À chaque cadran sa couleur, chantait-elle.

Maintenant c'est coquelicot, amarante, cramoisi.

T'en as mis, des plombes.

Petit Roux stoppe juste avant la flaque où elle trempe. Il flanche et s'appuie contre le tronc d'un arbousier, pareil aux ours blessés. Câline garde la pose, elle affiche fièrement son profil et le matelot blêmit, les battoirs en berne, il fixe les traces brunes sur les hanches ivoirines. Les coulures écarlates cheminent dans le prolongement du sillon vertébral, elles suintent jusqu'à l'arc des cuisses, pouah, un imbroglio de boyaux pendouille depuis la conque, avec la bouillie placentaire et les déjections digestives.

Secoue-toi.
Tu m'entends ?

Petit Roux détourne pudiquement le regard. Un cerf à cinq bois secoue son trophée juste derrière lui. Le brame rocailleux du satyre déchire le silence et profère de belles paroles. Le fils perçoit la voix doucereuse qui commande au sommeil et l'autre, bien plus forte, qui se charge du réveil. Le bougre branle du chef comme s'il refusait l'une et l'autre, tandis qu'une pince puissante le presse et le secoue sans ménagement.

Viens, gamin.
Soulève-toi.

Câline se courbe avec les échasses en parenthèse, elle empoigne tout ce qui pendule sous elle pour le remettre à sa place. La vulve reflue et le vagin recrache le magma génital. Elle s'aide pourtant du pouce et de l'index comme d'un spéculum pour écarter les parois, mais ce qui pénètre regerbe aussitôt dans un chuintement abject. À croire qu'elle est déjà pleine à ras bord, foutrebleu, à croire qu'elle renfloue une flopée de fœtus. D'une main abominable, Câline fait un geste bref en direction de son fils – comme un aurevoir.

Là, calme-toi.
Je suis là.

L'ordre des choses vient tout juste de s'inverser et lorsque Petit Roux veut fermer les paupières, il les rouvre enfin sur les tubes aveuglants de la lumière électrique. Furieuse est penchée sur lui, elle le secoue sans douceur – ohé, je suis là, braille-t-elle en l'éborgnant d'une torgnole. Le matelot comateux convulse sur le plumard du Toubib. Il fait des bulles, comme ça, l'iris errant dans la sclère. La mise au point est laborieuse, l'éden a disparu et Furieuse succède à Câline.

La diablesse est vêtue d'une sorte de combinaison de plongée, en partie recouverte d'un plastron cuirassé par de vrais fanons tissés. Elle a une façon bien à elle de balancer ses membres trop longs, on dirait toujours qu'elle enjambe des obstacles invisibles. Le néoprène lui rallonge les échasses et son crâne est hérissé de fines tresses, nouées par des perles ivoirines qui tintinnabulent quand elle secoue la caboche. À l'encolure, Petit Roux devine le collier de coquilles d'anatifes – celui qu'il avait offert à Câline au moment du grand départ. Il baragouine mais Furieuse le rabroue, elle éructe qu'il roupille depuis quatre cadrans entiers et c'est bien plus qu'il en faut.

Au temps gâché, la peine perdue.

Le fils se redresse péniblement sur la paillasse ensuée, se défroisse la trogne, s'étrille la tignasse et s'assied avec précaution sur le bord du pucier. Il reconnaît la pièce, les bocaux, le poêle, mais la réalité bagotte en va-et-vient d'un cauchemar à l'autre. Le Toubib est allongé près de la table, les calots écarquillés, largement égorgé entre les deux esgourdes. Son pelage barbouillé est hérissé comme celui du fugu et la coupure déjà sèche lui crobarde un collier de perles noires.

Tout autour de lui, la tôle larmée du plancher est couverte d'une pellicule visqueuse sur laquelle les glissades ont brossé de grands arcs clairs. Furieuse joue avec le glaive en souriant, elle promène l'ongle de son pouce sur le bois du manche.

Le fin sillon du cœur gravé.

Il a fait le boulot, sentence-t-elle en montrant la silhouette gisant sur la table – un paneton grossier enrobé d'une gangue brune. Furieuse piaffe, ses agates baguenaudent le long des étagères.

C'était long, raille-t-elle, avant que tu reviennes parmi nous. Je lui ai fait vider Câline comme il faut à ce jean-foutre, pendant que tu délirais sur ta paillasse. Il a tout bien dépiauté et tout bien nettoyé, le toto du panier, il a tout bien rebouché et tout bien recousu. Elle est comme neuve, ainsi rempaillée. Faut avouer qu'il savait y faire, le Morticole, avec ses mandibules affairées et ses outils chichiteux.

Fallait voir l'équarrissage, mes aïeux.

Une vraie charcuterie.

Furieuse crache, soupire et reprend tout par le menu, en guise de préambule. Pour tuer le temps, elle a mis la paluche à la pâte, argue-t-elle, elle a même aidé à découper les rouleaux de bandelettes. Et quand tout fut fini, comment dire, c'était bien fait et plus à faire. Chapeau l'artiste, ose-t-elle avec l'index et le majeur plaqués sur la tempe.

Elle est parée pour l'éternité.

Le fils louche péniblement sur la table scintillante. Câline est garrottée comme un phoque, carénée de la cave au grenier, raclée jusqu'aux filets, débarrassée des lymphes osiriennes, des sanies et des fèces puantes. On dirait un tronc de sirène, dans son étui résiné. Un vrai canon de bordé, fuselé comme un fût de fonte.

Mais déjà Furieuse s'ébroue et s'active, la table glisse en crissant sur la tôle jusqu'à l'entrée du fortin. Furieuse ordonne au gamin de se lever fissa, elle commande de s'emparer d'un bout pour soulever le tout. Hardi, moussaillon. Va bien falloir la remonter jusqu'au pont, ta fanfreluche, gronde-t-elle en tambourinant sur la carapace. Un derrière et l'autre devant, de toute façon c'est kifkif cabillaud.

Quand faut y aller.

Faut y aller.

⚓

Laissez-moi vous lorgner juste une fois, parbleu, rien qu'une fois mais bien en face, comme ça, les calots dans les calots à s'en renifler les naseaux. Oui, vous, de qui d'autre voulez-vous que je cause ? Tout est plus fluide *de visu* et sans le porte-voix du regard, vous y entraverez que pouic – c'est crawlé d'avance. La lumière intérieure, comme qui dirait, on l'aperçoit mieux sans les rideaux qui occultent vos hublots. Juste un laps, disons, pour fuir cette folie suave et mettre enfin des trombines sur mes pronoms. Pour m'éviter de jaser seul aussi, c'est bien la moindre des choses. Seul comme un crabe privé de ses pinces, seul oublié dans la nasse.

Votre guillotine émoussée, c'est juste un presse-purée pour les haricots de passage. Et tant qu'à faire, dites-moi si vous êtes assis ou si vous êtes debout, derrière ce satané vitrage. Et ce que vous fichez, lorsque vous m'auditionnez ainsi. Écrivez-vous parfois en m'écoutant ? Gribouillez-vous dans les marges ? Des petits dessins absurdes, des frises géométriques, des graffitis comme ils vous viennent ? Répondez. Me dactylographiez-vous, je veux dire au mot près ? Encodez-vous ma voix dans la mémoire volatile d'un circuit imprimé ?

Vous avez des micros.

Servez-vous-en.

Vous roupillez pardi, c'est clair comme de l'eau de roche. Ma pogne à trancher que si j'haussais brusquement le ton, comme ça, je vous ferais facilement sursauter. Ou alors, attendez, laissez-moi deviner, on a changé de cadran et vous êtes déjà tous rentrés au bercail. Moi, je bavasse toujours et vous, peinards, vous pitancez dans les taudis que j'ai pu voir en passant, quand vous m'avez transféré jusqu'ici. Adonc, je déblatère peut-être simplement dans le vide, ou seulement pour le larbin qui serpille les sols avant l'ouverture des bureaux. Il sera déjà loin, *Balthazar*, lorsque vous rappliquerez pour pointer à l'horaire adéquat.

Par le trappon, vous m'avez amicablement glissé cette cruche de flotte argileuse et ce pupitre en toc, comme une bouée perdue à laquelle je dois me cramponner – merci bien, c'était la moindre des choses. Vous aimeriez que je flanche, avouez, vous aspiriez à ce que je capitule, je présume. Je suis désolé de vous décevoir, mais jamais vous m'atteindrez, foi de coq, puisque je suis maître chez moi dans mon souvenir du *Ghost*.

Mais non, vous m'écoutez encore, je le sais bien, je vous renifle à distance et j'ai le tarin qui faut pour ça. Vous êtes toujours là, vous autres Culs-terreux, avec vos piles de dossiers lacunaires et les menaces que vous brandissez comme des louches au-dessus du bouillon. Vous butez contre le glossaire maritime, vous encyclopédisez le thésaurus du *Ghost*. Je subodore que vos mandibules s'affairent en cachette pour clabauder mon baratin. J'écoute vos pets de crevettes, j'entends vos relents de radula – celle des mollusques brouteurs.

Vous cherchez juste la vérité qui réconforte, celle que vous voudriez qu'on retienne pour mystifier vos mémoires, pour vous dédouaner en douce et redorer vos blasons en respatulant l'histoire qui vous satisfera. Celle qui justifiera la lâcheté de vos crimes, dans la clôture barbelée de vos territoires exclusifs.

Pourtant le vent tourne, je vous apprends rien puisque les barques grouillent, les marins prolifèrent, l'empire vacille et l'abri s'abîme. Les ceusses qui accusent sans confondre seront mis à mort – selon la Loi de l'Empereur et selon la Loi des gouins. Une loi simple, je le répète, pour que chacun puisse bien la comprendre. Le Toubib est clamsé, c'est comme ça. Que voudriez-vous que je vous dise ? Vous en auriez fait quoi, vous autres, de l'encombrant Taxidermiste ? Les guérisseurs vieillissent guère mieux que les souffreteux et toutes les carnes se valent, au Royaume de l'Eau.

Le mystère est partout.

La justice nulle part.

Et par-dessus le casier, vous voudriez bien savoir ce qu'est devenue l'Arche, j'imagine. Vous aimeriez bien savoir ce que Furieuse a pu faire au Toubib, avouez, durant les plombes qu'elle a passées sur la bourriche, tandis que le gamin divaguait, tandis qu'il fantasmait en planant sur son paddock. Notez bien que la garce nous a rien balancé là-dessus quand on l'a récupérée, non, Furieuse décide elle-même des pièces où elle porte la lumière, elle choisit ses recoins pour y poser des ombres, sézigue, comme les caprices d'une flamme ou d'un feu follet.

Quant à moi, Blaquet, j'évite de trop broder ou de trop romancer juste pour vous satisfaire. Je préfère m'en tenir à ce que je sais, *stricto sensu*. Je vous permets juste d'envisager les choses comme elles furent et c'est marre. Je suis devenu votre interprète, mettons, un bien modeste traducteur – je rapporte et je moucharde au refil, comme ça me vient.

L'âpre vérité tremble sur ses tins.

Après tout, je resterai toujours le popotier en titre du *Ghost*. Un simple pitancier, juste le coq d'une cambuse flottante. Mon truc à moi, c'est plutôt la tambouille, vous comprenez ? La becquetance du fricot et le frichti glouton pour bien gaver l'équipage. Et sur ce point, corbleu, j'ai le cœur à l'ouvrage – vous pouvez l'annoter et le souligner deux fois à la règle.

Sachez que la viande humaine est coriace, Culsterreux de mes deux poêles, songez qu'elle a le goût du cerf plus que celui du porc et vous y serez presque. Voyez comme le maigre de nos culs fait le rond de gîte et, si vous cherchez bien, vous nous trouverez même un rumsteck bluffant au beau milieu du buffet. Reniflez nos jarrets et nos cuissots, contemplez la macreuse nichée tout en haut des allonges. Quant aux douze paires de côtes, mordienne, elles cachent un tendron fort cartilagineux dont nous raffolons.

Le délice de la chair fraîche.

À l'instar du marsouin, tout est bon chez le gouin. De la couenne aux roustons, tout se récupère et au final, il reste que dalle dans la poubelle de table. Même les bajoues, tenez, même le cuir des pognes, une fois court-bouillonné avec dix zestes et quelques algues bien choisies. Et rien, foi de Blaquet, même venu de vos prés verdoyants, pourrait s'y comparer.

Non. Votre bidoche est fantoche et vos planchers à bœufs auront toujours le goût de la sueur des semelles.

À bon entendeur, salut.

[PIÈCE 90 – SÉRIE C – 90.1873C/TC]
Tristan Corbière, *Les Amours jaunes*

Mais il fut flottant, mon berceau, / Fait comme le nid de l'oiseau / Qui couve ses œufs sur la houle… Mon lit d'amour fut un hamac : / Et, pour tantôt, j'espère un sac / Lesté d'un bon caillou qui coule.

La flaque est plutôt paisible – on l'a connue plus tempétueuse, la gigolette des creux barométriques. Le cagnard a déjà grignoté les trois premiers quarts du cadran et *Balthazar* se déhanche, hochette, renifle du museau avec des fourmillements dans la quille. Petit Roux vient de libérer la remorque et la liane mollassonne retourne raguer la muraille du corbeillard, ouste, elle pendule contre la culotte d'eucaryotes alors que le matelot défoncé stagne dans un beau halo ouaté. Sans joie ni pleurs, il fait machinalement tout ce qui faut pour déguerpir dare-dare. En déhalant le calfat à grands coups de talon, il déborde *Balthazar* et crapahute à croupetons sous la bôme pour étarquer le foc et hisser haut la grand-voile. Pleine toile, avec la drisse tendue en boyau de harpe.

Le fifty séculaire s'éloigne du coracle en clapotant, comme ça, tandis que le catboat de Furieuse, celui-là même qui permit au gamin de gagner l'armada, reste à piaffer dans le ressac en souquant fébrilement sur sa laisse.

Paré à larguer, paré à envoyer.

Il y a toujours cette maudite tache brune posée sous la ligne d'horizon, déjà visible depuis le belvédère de l'Arche – un nævus cuivré sur la panse du diable. L'embryon pointe au mitan du quart sud-ouest et s'applique à grossir sans hâte, sans qu'on puisse encore deviner s'il s'agit d'une coque ou d'une simple voile. Et comment savoir, sûrs et certains ? L'Astre grésillant se prend les pattes dans la lorgnette, il hache tout menu menu au tranchant du berçoir et Petit Roux soupire en guindant les épaulettes. Bientôt ils seront loin, allons donc, nul réchapperait du tréfonds pour venir ensuite pétocher en surface.

Tout est bruit pour qui a peur.

C'est un jour truité de gris sales qui épousent en papillonnant l'écran des voiles, tendu comme un décor de plein air. C'est bonheur de retrouver le roulis de *Balthazar* après l'insoutenable fixité de la bourriche et c'est volupté de s'ébrouer en toute liberté dans le bringuebalement des vagues neuves. Le peu de brise soulève à peine les penons, mais il suffit à épousseter les scories des branchies et la houle ondule et roule sans jamais briser ses boudins reluisants.

Petit Roux s'échine à chasser les estampes poisseuses du monde perdu. Ce qui fit les délices de son rêve semble toujours flouter la flotte à l'entour de l'étrave et la camelote du Toubib s'obstine, l'infusion maléfique truque et pipe tout ce qu'il palpe, tout ce qu'il flaire paraît faux et tout ce qu'il mire compte pour du bar. Il est plus pâle qu'un os de seiche, le mômillon camé, sa tête valdingue et tournicote en girouette dans la tourmente des vents contraires. La bile amère remonte le tube – déglutis aigres, roterie grondeuse, tisons de rascasse, il a des flashes furtifs du minois riant de Câline, des bigoudis dégoulinants, du galbe rincé par la source claire. À croire que son fantôme divague encore à la périphérie du sarcophage.

Un monde sans fleurs.

Sans graines.

Sans fruits.

Ils sont trois à présent et les déplacements à bord du fifty deviennent plus corsés. Nul endroit pour être moins libre que le pont d'un navire, parole de manœuvrier, difficile de s'éviter sur les passavants, difficile de se croiser sans se bigorner dans l'étroit coquetier du cockpit. Et comment tartir ou même pisser, je vous le demande, avec Furieuse toujours perchée sur les bretelles ? La promiscuité émousse la solitude, elle tape sur les nerfs comme l'hortator du temps jadis. Plutôt seul que mal accompagné, rumine Petit Roux. Avec Câline, tout était limpide et bien plus fluide, elle le couvait depuis sa bannette et ils avançaient ensemble, comme ça, l'un derrière l'autre.

Ballonné au fond de la baignoire, le garçon se rencogne sans savoir où trouver l'escale et le terminus. Cramponné à la barre, il filoche vent arrière au moindre nœud et *Balthazar* surjette ses courtes brasses en orchestrant sa fuite depuis le clapot du coracle.

Tout autour ça bavasse.

Tout autour ça chuchote.

Le krill colporte le crime et la rumeur commère déjà sur l'onde interminable. C'est qu'ils ont trucidé le Toubib, voyez-vous, ils ont liquidé le bipède qui requinquait les macchabs. L'homme tue l'homme mieux que le poisson-cannibale, soupirent les épaulards résignés. Le bétail aime surprendre les ouï-dire de la chambre d'écho – la loupe est plus épaisse quand on évolue dans le noir.

Les pleure-misères s'en donnent à cœur joie.

Le vent se lève, ho hé, les gars
Larguez l'amarre, v'là qu'on s'en va
Ho hisse ho, ho hisse ho
Ho hisse et ho.

C'est comme ça depuis qu'ils ont chargé ce qui reste de Câline dans le fifty. Furieuse s'est vite effacée sous le rouf, dans le carré où elle s'isole pour avoir les coudées franches, elle bricole ses petites affaires en loucedé et se fout bien des préparatifs du départ, de la bourriche ou des aurevoirs – le matelot dégourdi s'acquittera des manœuvres, songe-t-elle comme de juste. La garce s'est assise tout au bout de la bannette, au pied de la momie glueuse, elle appuie négligemment son coude sur les arpions à l'équerre. La chasseresse chantonne gaillardement, son timbre rauque fugue par le goulot de la descente.

Mon doux plaisir, mon bel amant
T'emportes ma gloire en t'en allant
Ho hisse ho, ho hisse ho
J'ai le cœur gros.

Furieuse s'applique pour enrouler un lambeau de liquette à la pointe d'une flèche, avant de l'asperger d'un filet d'essence et de suif mélangés. Une collerette encage la mèche pour la protéger du souffle. Elle sait y faire, la diablesse, vous pouvez me croire. Le combustible gouttelette, barbouille des amibes irisées sur le néoprène qui la cuissarde. Ses trois fléchettes aux allures de boutefeux sont bientôt façonnées à l'identique et Furieuse les aligne sur la table, l'une après l'autre, en rebroussant d'une brassée le fouillis des cartes dépliées. Les empennages des sagettes sont profilés dans les règles de l'art – deux plumes-poule pour une plume-coq. La giboyeuse les graisse de l'index, afin de compenser le lest de l'étoffe, puis elle se lève pour vérifier le band de l'allonge jusqu'au recoin d'un rictus.

Elle teste le ressort silencieux des longues branches flexibles, borgne dans le viseur à mire verticale et suce son pouce pour y enfiler une bague d'archère en ivoire d'épaulard.

T'auras matelot bien des tourments
La mer cette garce a d'autres amants
Ho hisse ho, j'ai le cœur gros.

Petit Roux la voit rejaillir de la cahute avec son arc, comme ça, puis ricocher sur le rouf à fond les gamelles, sans une œillade pour sézigue et sans piper mot – c'est comme s'il était devenu translucide, comme si elle était seule sur le rafiot amiral de l'Empereur, à fomenter ses magouilles, à béquiller ses entourloupes. Le mousqueton fronce le front en chaperonnant la guerrière. Comment s'étonner encore des sales manières de Furieuse ? On en ferre peu sur la Mer-océane, parbleu, des néréides de cet acabit.

Il embraque machinalement l'écoute pour rapprocher la bôme et *Balthazar* prend ses aises sur le flanc tribord. En empannant d'un coup sec, il aurait peut-être une chance de la flanquer à la baille, admettons, mais il rechigne à en découdre si le putsch échouait. Faut avouer que c'est guère alléchant, de se castagner avec la furie. La sédition viendra plus tard, il a tout l'éphéméride pour ça. Pour l'instant, il l'observe gratter la roulette du zippo jusqu'à ce qu'une belle flamme vienne.

C'est pour toi, hurle-t-elle.

En bandant l'arc à la narine.

En fermant l'œil trompeur.

Et vlan, la première flèche fuse en flûtant vers le mât du coracle. Le mômillon retient son souffle, la courbure de la ligne est parfaite et la distance à la paille doit approcher les trois cents pieds, au bas mot. Furieuse réencoche aussitôt, avec la corde tendue contre sa bague et les tresses bien rangées du côté qui penche. La deuxième flèche disparaît sous la toiture – à bâbord cette fois, juste où il faut. Et rebelote de l'autre côté, dans une belle symétrie.

Trois fois mouche, sans conteste.

Des filets de fumée noire montent du panier immobile, juste avant que le shéol tout entier s'embrase comme une citerne de brut. Le goudron fondu crépite dans un florilège de spasmes gazeux et le cierge incendiaire grimpe bien plus haut que l'arbre, comme si la voûte l'aspirait au tuba. Le feu foldingue, foutrebleu, le feu sur le flot glacé, le feu qui dévore la fibre, la résine confite et la chair braisée des cadavres. Les flammes vers le haut et le mal vers le bas, comme on dit par ici, le vent-morbifère rabat les volutes en claquant des battoirs.

Le châtiment et la fournaise.

Nos gouins complices contemplent les belles arabesques, se détournent quand elles fondent sur eux et s'émerveillent des gazouillis de crécelles, des escadrilles d'escarbilles qui pétillent mieux que des feux de balises. L'encensoir a des relents de caramel, le souffle de l'océan dilue la friture roussie du camphre et tout devient vert viride et jaune orpiment sous le ciel charbonneux.

La température grimpe jusqu'à brûler le cuir, jusqu'à faire bouillonner la flaque sur laquelle des flocons lumineux tourbillonnent. Pour l'exemple, lâche Furieuse, en glaviottant par-dessus la filière.

À malin, malin et demi.

Ben mes aïeux, le coracle arrogant a perdu de sa superbe et le poêlon tangue, s'affaisse en ployant de mal en pis. Quand soudain, hop, deux ombres viennent battre le smog de leurs ailes pointues. Les inséparables aras jouent des empennages, virent de concert dans une longue courbe rouge et bleu avant de se percher, aile contre aile, sur l'une des barres de flèche de *Balthazar*. Les petits ongles serrent la ferraille et les corps duveteux compensent aussitôt les mouvements du mât pour rester droits. Que pouvaient-ils faire d'autre, je vous le donne en mille ? Nul autre repli, nulle autre branche où poser les griffes.

Furieuse s'est assise en tailleur juste sous les piafs, elle garde le torse raide et l'arc posé à plat sur le haut des cuisses. Comme le gamin, elle attend le clou du spectacle, le bouquet final – l'engloutissement de l'Arche. Et les perroquets lorgnent dans la même direction.

Chaque prophète a son oiseau, selon Cassandre.

Une fois le panier englouti, Furieuse se relève du rouf pour se rapprocher de Petit Roux. La nuque appuyée contre la filière, ses allonges cormoranent de chaque côté de l'étendoir. Avec un sourire bizarre, elle décrète qu'elle l'aidera à trouver une bauge pour Câline. Vite fait bien fait, appuie-t-elle en curant sa pipe dans le mou d'une paume. Ensuite, elle les ramènera enfin à l'Empereur, lui et *Balthazar*. C'est comme ça qu'elle voit les choses, Furieuse.

Elle livrera le fuyard à la Loi des gouins, aussi vrai que deux et deux font quatre. Elle a qu'une parole, tonne-t-elle haut et fort, c'est déjà miracle que le gamin ait réussi à faire embaumer sa daronne, après tout ce chambard. Il pourrait la remercier par exemple, vu ce que le Toubib fomentait quand elle lui a sauvé la couenne. Le matelot doit la croire sur parole, puisqu'il se souvient de rien – et quand bien même, Furieuse sait pour deux mieux qu'il saura jamais pour lui seul.

Bien sûr, il y a ce qu'elle dit et ce qu'elle cache encore, la chasseresse se borne à suivre son plan depuis qu'elle a quitté la harde, depuis que Cassandre, l'oracle prolixe du *Ghost*, lui a prophétisé son avenir dans les grandes lignes. L'Empereur la punira pour la mort du Toubib, c'est couru d'avance, au fouet mouillé ou par le supplice de la cale ordinaire. Il la punira aussi pour le catboat perdu, c'est de bonne guerre, mais sa mission sera bel et bien remplie et le pacte du fiston satisfait. D'une pierre deux coups, elle prête juste pour qu'on lui rende.

Elle tire ses plans sur la comète.

C'est gabegie de croire qu'il existe un bercail accueillant, planqué entre les trente-deux rhumbs des quatre aires des vents. Nulle part nul repos pour le peuple d'infortune. Entre les courants froids, dans les tourbillons des onze gyres et des treize brises, il reste plus que le braille des îlots et vos trois petits continents. Selon Furieuse, celui du Couchant vaut celui du Levant – leurs rivages sont mieux défendus qu'une nurserie de requins blancs. Quant au continent Central, celui qui mord la Ligne entre le quinzième nord et le trentième sud, tous les ceusses qui l'ont approché en sont jamais revenus.

Des bagnes partout et l'enfer au centre, voilà le triste planisphère que Furieuse crobarde au marmot en bourrant sa pipe d'algues sèches, en modulant les muscles mimétiques, en roulant des regards terrifiants. Il leur reste juste quelques archipels, d'après les topos de l'Empereur – les Alpes ou l'Aubrac à l'orient, les Cairngorms au noroît, les Pyrénées au suet. Et partout des mauvais courants, partout des étocs plus coupants que du quartz.

Le zippo claque du pouce vers l'index et la flamme dézingue les boulettes d'algues sèches. Furieuse pompe et repompe avant de souffler un panache en forme d'enclume. Le Pays-de-Marche exige des semelles cloutées, pouf-pouffe-t-elle calmement. Plus le plancher sera meuble, plus il faudra ferrailler avec les Claque-faim et plus il sera dur, plus les petits-fonds menaceront *Balthazar*. Creuser la terre, comment dire, c'est comme creuser la mer, en plus fatigant. C'est chimère de croire aux planques parfaites, puisque les deux mondes rustinent le moindre orifice.

L'asile moins l'hospitalité.

Vous connaissez déjà l'archipel des Vieux-volcans, son estran rampant vers le large et ses berges paisibles pâturées pour l'or bovin. C'est là, tranche-t-elle en brandissant le tuyau de sa pipe devant elle.

Balthazar atterrira pile dans le cadran noir, sous la cape pluvieuse qui rend invisible. L'atterrage parfait, voyez-vous, c'est quand les écueils restent bredouilles, quand ils évitent de vous recracher façon puzzle en petits bouts d'épave. Ils bâtiront un radeau avec ce qu'ils glaneront en chemin, promet-elle en rallumant son brûle-gueule sur une braise de la vasque. Elle poireautera juste le temps que le matelot lui revienne, et s'il tarde trop, elle déguerpira avant l'aube pour ramener *Balthazar* à l'Empereur.

Furieuse garde le smog duveté dans le fond du gosier, puis elle dragonne simultanément du bec et des naseaux. Les agates brasillent, la mofette franchit les tempes pour filandrer mollement dans le fouillis des tresses. Elle a d'autres projets, la bougresse, mais elle les exposera plus tard. Elle tousse et se rengorge en tortillant du fondement.

Elle sait qui vous êtes, Furieuse, vous autres qui régnez partout sans partage, elle vous connaît par cœur. Vous détenez les armes et les machines qui les fabriquent encore, vous avez le charbon, l'acier et le jus des éoliennes qu'on repère de loin, vous cuirassez vos frégates et vos chalutiers artillés coulent sans sommation les ceusses qui bagottent trop près de vos grèves.

Quiconque chafouine la moule joue avec le feu du diable, crois-moi, tonne Furieuse en curant ses naseaux de l'index, en lui pichenettant une boulette de mucus pile entre les mirettes. Les gouins maudissent les mouillages et la piétaille méprise les Fruits-de-mer, c'est le substrat qui veut ça. La terre-ferme est gorgée de la hargne des charognes qu'elle recèle, pouah, elle exsude l'atrabile et le courroux des trépassés. Les cailloux rendent fou, fulmine Furieuse en tirant sur la bouffarde.

Des cercles de Sioux.

Qui s'ovalisent en s'élevant.

Juste avant le crépuscule, ils ripaillent en colins de faïence sur les coffres du cockpit. Sans piper mot, absorbés par le dépiautage, la manœuvre des mâchoires et le crachat répété des arêtes de merlu. Comme ventousés aux hiloires, tenez, avec le petit feu d'algues qui ronronne chattement contre la nuque de Petit Roux. Furieuse s'est bien servie avant de quitter le coracle, elle a emporté une pleine bonbonne d'alcool de fruits et des bocaux de carne confite dont elle a gratté les étiquettes pour effacer les matricules de *Roulis*, *Sabord* et *Salope* – marins confiés aux bons soins du Toubib. Petit Roux refuse la bidoche avec un haut-le-cœur, mais il prend la gourde qu'elle agite sous son pif. Citronnade arrangée, pérore-t-elle en se torchant les babines.

Le boujaron crame le gosier, fait valdinguer la bobine et gicler les larmes en geyser. Furieuse ricane, elle fouille le bocal de l'index puis suçote un petit os en creux, axis ou atlas, avant de s'astiquer le museau d'une patte luisante. L'encre noire des tattoos glisse sous la peau selon les plis du front, le battement des tempes, la contraction du muscle masséter.

Le gamin bravache l'épie en coin sans perdre son cap, en barrant juste au bruit, comme ça, puisque les voiles lui murmurent l'essentiel – il vide la gourde cul sec en fixant la traîne friselée du sillage. Furieuse l'effraie, il préfère la lorgner en biais que de face. La mer-cruelle façonne des monstres qui portent la rage sur leur trogne, et la mort a toujours le goût de la mort, au final.

Le cercle de l'horizon s'est refermé sur la fumée du coracle, les nuages rappliquent en meute pour la saucée du soir avec une pointe d'orange dans les roses argentés – un vrai déshabillé de demoiselle. Les aras affamés sont descendus de leur perchoir pour quémander sur le pont, mais Furieuse les a chassés en grognant qu'il y avait que dalle pour eux. Des fruits, du grain, et puis quoi encore ? Depuis lors, les perroquets péteux sont retournés s'arrimer siamoisement sur les barres de flèche.

Plein ouest, la tache rouge s'est nettement rapprochée, elle est désormais à moins d'une lieue dans le prolongement du sillage. Aux lorgnettes, on distingue une grande voile aurique, une sorte de trapèze grenat bizarrement incliné. Un camelot ambulant, mettons, comme il en existe tant sur Mirovia. C'est le troc coutumier des marchands d'orviétan qui vont d'un flotteur à l'autre, les cales pleines de bidules inutiles. Il fonce vers le fifty, le trafiqueur, indubitablement. Sachez qu'on se méfie toujours des rôdeurs mieux que de l'eau sale. Sangsues et rapineurs sont légion au Pays-de-Mer.

Petit Roux repasse les lorgnettes à Furieuse, qui s'épaulette dans un flappement de raie. Elle grimace la bougresse, elle ignore qui c'est, sézigue – et puis quoi ? Navire en vue, conclut-elle sans s'épancher outre mesure, avant de reprendre une brassée d'écoute pour stimuler *Balthazar* d'une petite claque sur l'encolure.

On verra bien quand on y sera.

La houle prend du creux et la brise forcit, bientôt les paquets de mer joueront à saute-mulet sur le davier de *Balthazar*. La drache court vers eux depuis le noroît en noircissant la surface à la brosse extra-large. Furieuse s'ébroue, elle déculotte sa pipe contre le tube du balcon et crachote les bribes qui lui collent aux lippes. Je fais le premier quart, grognonne-t-elle en se curant les chicots avec la pointe d'un canif.

Va pioncer avec ta relique.

Tu feras les suivants.

⚓

Amolli par la moiteur du cantonnement, Petit Roux fait mine de roupiller sur l'une des bannettes de la cahute. Les cligneuses affaissées, la crinière hérissée par les soubresauts de *Balthazar*, il garde les biceps croisés sous la nuque pour faire refluer la griserie de l'étourdissement. L'alcool de fruits lui verrouille le boulon sans cesser de lui taper sur les tempes, de lui brûler l'œsophage.

C'était une belle connerie, songe-t-il en ravalant des éponges sales, de raviver les sortilèges du Toubib avec son eau-de-vie. Le breuvage proscrit dérègle la raison et l'ivresse dilue la tristesse, vous connaissez la chanson – c'est misère de tanguer à l'encontre des vagues, misère de rajouter de frêles porte-à-faux aux vrais effondrements. Le fiston surveille en coin la silhouette grossière de Câline qui s'efface à mesure que l'obscurité s'épaissit.

Bêche-de-mer.
Manteau d'encornet.

Câline la boucle, c'est sûr qu'elle doit suffoquer sous les bandelettes trop tendues des apprentis taxidermistes. L'emmurée murmure pour des clous, son timbre ricoche dans la chambre sourde à la recherche du larynx cureté. L'odeur résineuse a remplacé la pestilence des viscères et c'est devenu moins concret, du coup, la trépasserie – elle y est toujours sans y être vraiment. Petit Roux s'interroge sur ce qui demeure dans la cage close, sous la gangue goudronnée qui la camisole. Faudra bien qu'il quémande des détails à Furieuse, après coup, faudra bien qu'il sache ce qu'ils ont fait à sa mère, elle et le Toubib, pendant qu'il gambadait dans l'empyrée pire qu'un faon défoncé.

Câline reste mutique et le gamin s'interroge. Comment être certain du contenu, en réalité, il faudrait un hublot ou une trappe quelque part. Certes on distingue vaguement la forme, le galbe, l'ovale et quelques renflements grossiers, mais avec un morceau de grillage et des brassées d'étoupe, ma parole, ça serait du pareil au même.

La cahute est pire que lugubre et la veilleuse en bout de course promène ses ombres obscènes sur le sarcophage, le bois boursoufflé des arrangements, les moisissures du vaigrage. La flotte file un mauvais coton sous la carène et la rincée martèle le capot du rouf. Un pétouillis de pluviette, rien de bien méchant – ça gloubille et ça clapote comme il faut mais dehors, Furieuse doit être imbibée jusqu'au pancréas. Le gamin l'imagine harnachée à la barre, comme ça, avec une astérie plaquée sur le front comme sur celui de Téthys, la déesse courroucée. Lors des veillées du *Ghost*, l'Empereur nous promettait que Téthys retrouverait son bel Océan, mais il lui manquait toujours quelques pages perdues pour pouvoir nous en dire plus.

De l'eau partout, à l'angle des cernes.

Splach, le moussaillon vient tout juste de s'endormir quand le panneau coulisse et déverse son déluge sur le plancher du carré. Faut voir comme il sursaute, Petit Roux, il se dresse sur les coudes avec la tignasse hérissée et la gueule en sabord. C'est le moment, vocifère Furieuse en dévalant les quatre planches de la descente. Vous l'avez ? Vous voyez comme elle se contorsionne et comme elle gesticule, la diablesse en chaleur, pour quitter son plastron et la mue du néoprène ?

Ni une ni deux, elle laisse choir tout ce qui la vêt et se jette parfaitement nue sur le marmot ahuri. D'un geste vif, elle lui arrache la polaire puante puis le drap juponné qui lui chaperonnait la verge, hop, la voilà qui s'acalifourchonne déjà à la va comme je te pousse. Petit Roux la refoule comme il peut, se débat, chiffonne, gémit ou juronne avant de laisser venir les ventouses du poulpe urticant.

Commence alors le frotti-frotta langoureux des denticules, le soulèvement pectoral, les sulfureuses ondulations spasmodiques et la rugosité brûlante de la peau de chagrin.

L'ombre à l'horreur et le mauvais au pire.

Petit Roux s'étrique et calfeutre ses écoutilles. Lorsqu'il ose poser la baveuse sur le cuir de Furieuse, il lui trouve un arrière-goût de hareng contisé à l'alcool, à l'ammoniac pimenté, au sel brûlant des ulves confites. Furieuse se déchaîne, comment dire, furieusement. Les perles de ses tresses claquent comme les billes d'un tacatac, la salive lui mousse aux babines, les canines scintillent et papillotent en miroir de survie. Elle ouvre grand les échasses, la conque et le carpelle, tout en maintenant le matelot par la jugulaire. Elle croque jusqu'au sang le cartilage de l'esgourde restante, souffle dans le trou, rebrousse le fouillis des sourcils, griffe, flagelle et lui secoue le bigorneau d'une pogne turbulente – autant traire un dugong dans un pré d'algues vertes.

Viens, peste-t-elle.
Maintenant.

Deux talents d'os et de muscles lui pèsent sur le buffet et lui gonflent le cabillot. Encore, gronde-t-elle, encore Petit Roux. Et le mateluche la sangle mieux qu'un clasper pelvien, corbleu, il creuse les abdos jusqu'aux tripes et mord lui aussi de tous ses crocs au plus épais de l'encolure. Les tattoos taquins tarentellent, grelottent et friselisent. Encore, tance-t-elle en cognant son museau contre le sien, en lui frottant les pointus sur la trogne. Elle lui fait son affaire tandis qu'il s'essouffle, elle le chevauche tandis qu'il bafouille des mamours qu'elle méprise et le petit gouin se gondole dans l'étau des guiboles – il brait, jabote, chicote pour la forme avant d'excréter une sorte de long spasme veule.

La gouttière siphonne la laitance et lorsque le cloaque est plein, la requine se retire *subito presto*. D'un seul bond, elle est déjà debout devant lui. Haletante et victorieuse.

Fais ce qui faut.
Sans devoir t'y remettre.

L'haruspicine est sans appel, Cassandre l'a lu dans le foie minuscule d'un exocet du courant chaud. La vioque est venue le dire à Furieuse juste avant son départ du *Ghost*. Elle lui a dévoilé secrètement que le petit mousse serait bientôt le père de son propre fils. Un fiston loyal et preux, pour la protéger comme Petit Roux protège Câline. C'est bien pour ça qu'elle est partie le chercher sur l'océan des pluies, Furieuse, pour ça qu'elle l'aidera vite fait bien fait à plantailler sa momie dans un caveau dont elle se contrefout. Ensuite, elle reviendra nidifier auprès de l'Empereur dans la nurserie du *Ghost*, avec un foutu fœtus flanqué dans l'utérus. Comme les zoarces donnent la vie, Furieuse se prépare un avenir.

Un squale-chagrin.
Un ange-de-mer.
Un requineau-renard prêt à être pondu juste pour la défendre. Ici-bas, savoure-t-elle en se pautrant le bas-ventre depuis la plèvre jusqu'à la fente, en serrant la fourche sur la semence tiède. Elle est féconde, comment dire, pile où il faut dans la lunaison. Et bientôt l'œuf éclora dans les cornes utérines, c'est ce qu'elle s'est mis dans le crâne. Pour bien faire, ils s'y remettront autant qu'il faudra durant les cadrans à venir, puis elle ballonnera comme ballonnent les cadavres des baleines, tout simplement.

J'ai un peu d'elle à l'intérieur, bourdonne la diablesse en montrant le cocon de Câline – ma sœur devient ma mère, c'est aussi bien comme ça. À nous les Pousse-cailloux maintenant, gaillarde-t-elle en s'anguillant dans le néoprène. Toujours tartiné sur la bannette, Petit Roux l'observe agrafer le plastron de fanons et le chapeau ciré qui lui rabat méchamment les sourcils.

Elle fait coulisser le panneau sous les trombes pour aller reprendre la barre et la bourlingue, et les perroquets pelotonnés la borgnent s'installer sur le caisson détrempé. Le vent-souffleur fait branler les agrès, les franges noires s'écharpent sur le liston et les vagues déchirées dévalent le pont pour remplir l'écumoire dans laquelle elle s'arrime sans broncher.

Une pogne sur la barre et l'autre sur la filière, avec la gueule béante pour gober la potable et se débarbouiller la trogne. À ce rythme, pardi, elle tiendra le cadran jusqu'au bout. Le petit gouin est déjà endormi, le sang perle sur les morsures et les frissons lui soulèvent à peine le torse. Il a posé ses paluches entre ses guiboles, comme la coquille d'une bernique. À trop larmoyer, mon garçon, tu finiras par te noyer les mirettes – c'est ce qu'elle a cancané en l'abandonnant dans le carré.

À trop piauler.
Perdre la vue.

⚓

Petit Roux émerge juste avant l'aube, avec la fin des averses et la débâcle des grandes larmes. Il s'extrait péniblement du lambeau de voile dans lequel il s'était lové pour se protéger du froid, secoue sa tignasse en grelottant comme un clampin de banquise, frotte son poing sur la condensation d'un hublot sans rien deviner d'autre que le double assombri de l'intérieur.

Avec le gosier sec et du vent dans le ventre, il effleure le gras sur le crâne de Câline et se demande quelle sera la couleur du cadran à venir. *Balthazar* est bien silencieux, en vérité, l'assiette est plutôt stable et seuls quelques falbalas trahissent l'éternelle glissade du flot sous la coque.

Les boyaux tire-bouchonnent.

Après avoir versé ce qu'il faut d'essence sur l'étoupe du réservoir, le matelot joue du zippo pour rallumer la lanterne. Il toussaille en fouaillant à tour de manches la brouille épaisse du fumigène, puis se palpe les abattis pour vérifier qu'il a point cauchemardé le chaos confus des ténèbres. Bleus et bosses, morsures de baliste, griffures flagrantes et pompon ponceau – tout y est bel et bien de la veille. Mieux qu'une branlée de morveux, mettons, pire qu'une débâcle au casse-pipe dans les sentines du *Ghost*.

Il s'étire en étoile, comme ça, en rapprochant timidement le lumignon de la momie. La poix spatulée est devenue mate, la pelure craquelle et fendille comme un tracé topographique – c'est moite, glauque et toujours aussi gluant. Petite mère, ânonne-t-il, petite misère aussi. Il renfile ses braies loqueteuses et sa polaire humide avant de sortir prendre l'air sur le pont. La machette est fichée près de la main courante, juste à l'entrée de la descente, il aura qu'à se pencher pour empoigner le manche.

Le panneau s'ouvre sur une déferlante de plumes qui lui toupillent la trombine dans le brouillard matinal – un jour magenta, songe-t-il aussitôt. Furieuse est emplumée de haut en bas, elle en a jusque sur la pointe cirée du couvre-pêche. Elle garde une paluche en étrille sur la barre et l'autre cramponnée aux lorgnettes pour reluquer l'horizon.

Derrière elle, les cocos embrochés rôtissent au barbecue dans une belle flamme claire. Furieuse les arrose régulièrement, comme ça, avec une demi-moque d'eau de mer. Et ça se renifle, faut bien l'avouer, le fricot d'oiselets. Le morveux salive tandis qu'elle débriefe sans même lui accorder la moitié d'une œillade.

La jonque tragique est encore là.

D'abord, ce fut la moucheture d'une seule voile gaufrée dans la brouillasse qui gommait toute perspective, il lui a fallu planctonner plus d'une plombe pour y voir clair et décalquer le gabarit exact. Trois mâts comme des perches dépourvues de haubans, ça vous dit quelque chose ? L'un penche vers l'avant, l'autre vers l'arrière et le troisième est presque droit. Vous l'avez, la caravelle du Levant ?

Furieuse ragonne, elle déblatère tout haut tandis que le mateluche louche sur les brochettes de volailles. Une jonque, foutrebleu, manquait plus que ça. Trois voiles gréées aux trois quarts, glacées par le suif et tannées aux cosses d'acacia – deux imposantes sur le devant et la dernière plus courte sur l'artimon, chacune comptant dix panneaux plus plats qu'une dorsale de bar. Les toiles paraissent flotter à côté des mâts qu'elles débordent d'une toise, le beaupré est posé sur une sorte de plateforme et la caraque est entièrement goudronnée au coaltar. Si la proue reste basse et fouisseuse, la poupe culmine sur un tableau plus mastoc qu'un balcon de croisière. Avec son tarin pointu et son derche renflé, la jonque ferait passer le fifty pour un éperlan de carrelet, ma parole, du menu fretin pour les forbans de passage.

La jonque pue la mauvaise fortune.

La mort subite du globe-flotteur.

Une bête de somme dégrossie à la serpe, brocarde Furieuse avec mépris. Et pourtant, comment dire, la chose se déplace avec légèreté dans le flux méridien – à croire que c'est le jouet d'un pilote malveillant planqué sous les œuvres vives, à croire qu'ils ont réveillé quelque vieux démon en trucidant le Toubib. La mécanique des fluides s'accorderait-elle au karma des flotteurs ? Furieuse est nerveuse, elle se méfie des sangsues qui bagottent en traîniers sur des flotteurs rapides. Elle agonit les rémoras pisteurs, puisque la flaque suffit pour tout un chacun. Aux aguets, elle rameute les tattoos contre les orbites.

Frères humains, mon cul.

La trouille vient comme la brouille, avec ses nuages et ses basses pressions. Le petit mousse ferme son clapet, Câline détesterait qu'il cause pour rien, elle exécrerait tout autant le savoir filoché par un flibustier, son fiston chéri. Le sabot gras du fifty bouline tandis que Furieuse secoue les écoutes, winche à bloc puis choque à petits crans trébuchants, donne de grands coups inutiles sur la barre en tirant ou poussant, comme si ça changeait quoi que ce soit à la vitesse du navire. À court d'idées, elle finit par s'en prendre au mousqueton désœuvré – lave le pont, hurle-t-elle furibarde, les piafs ont chié autour du mât, et rentre les futaies d'eau douce si tu veux pouvoir bâfrer ta brochette.

Qui sait obéir saura commander.

Le vaisseau progresse et les voiles épanouies forment les deux trapèzes en miroir d'un étrange papillon. Sans prévenir, Furieuse empanne pour voir si les barbants réagissent et *Balthazar* répond sur-le-champ aux ordres du gouvernail. La bôme fuse, elle claque contre les haubans et le fifty change de hanche, le cul entre deux coffres. Sur la mer onduleuse, le chemin blanc du sillage prend quarante-cinq degrés en courbe franche vers le sud. Petit Roux retient son souffle tandis que la jonque continue sa route de langouste accroupie, mine de rien, puis elle empanne mêmement et c'est le branlebas sur le pont du voilier. Point de quartier, puisque la chasse est ouverte il faudra ferrailler – l'ennemi du navire, c'est toujours l'autre navire.

Petit Roux a remis son glaive au ceinturon et le foulard sur son crâne. L'épissoir lui pend à l'encolure, tenu par un simple cordon en cuir. Accroupi dans l'arrondi du balcon, il surveille les écumeurs en becquetant son piaf directement sur la tige, la gueule reluisante de gras. Furieuse lofe désormais vaille que vaille contre le lit du vent, elle teste son adversaire sur les deux amures, renifle ses failles et prophétise ses défauts. Où qu'ils aillent, la jonque les talonne et s'abouche sournoisement. Le fin du fin, claironnait l'Empereur, c'est toujours de vaincre sans avoir à combattre. Qui connaît l'autre comme lui-même peut livrer cent batailles sans périr, surenchérit bravement l'amazone – le baratin rassis des vieux bouquins reste nourrissant, malgré tout.

Balthazar geint quand on le fouette, il refuse qu'on le saboule comme un mouille-cul de régate et Furieuse s'arcboute, manivelle et souque pour chiper quelques pouces à la poulie du casse-jambe. L'océan s'est aplani pour offrir aux combattants un théâtre immobile, une vraie naumachie. Furieuse relègue la barre à la patte poisseuse du garçon pour choquer, reprendre, étarquer – elle balance même des seaux de flotte pour fixer le flux sur la toile, sans parvenir à lisser le chiffon des rustines. Faut la voir besogner sans répit et suant pour quoi, au final ? Trois ou quatre degrés, au risque d'affoler les penons du génois.

Elle guette les réactions de la jonque en cherchant l'angle parfait, celui où l'un perd un nœud tandis que l'autre en gagne deux. Petit Roux la zieute en dépiautant le cuissot maigrichon de sa perdrix, il grusine le thorax, suçote bruyamment le bréchet. La roue tourne en quelque sorte, puisque désormais la chasseuse est chassée. Un clou pousse l'autre, comme on dit par ici, reste à savoir où placer Furieuse sur le podium des croquemitaines.

Cruels au-dehors et pires en dedans.

Le cagnard fait tomber la brise sans rien changer à l'espace fine qui sépare les bateaux. Après une ultime bordée sur le quart sud-est, les pilleurs opiniâtres reviennent sur la hanche bâbord et Furieuse bougonne qu'il faut lâcher du lest, afin d'éviter l'abordage en belle. Elle dégringole la descente pour ruer dans le fourbi du carré – miaulement de hunier, plainte de lamantin, elle éjecte pêlemêle dans le cockpit tout ce qui lui tombe sous la pince. Rouleaux de cuir, planches, boisseaux et chutes de toile, tout le superflu y passe en fin de compte. Les bouquins jaillissent en battant des ailes et le matelot les esquive de justesse. Voyez comme ils grêlonnent, les grimoires essaimés de l'Empereur, ils flottillent tous derrière *Balthazar* mieux qu'un banc de paddles à la dérive.

Tout ce qui pèse, hurle Furieuse, tout ce qui alourdit. Au besoin, elle bazarderait même la foutue momie pour calter fissa avant la bascule du crépuscule. La légèreté, sachez-le, c'est la clef de vitesse pour tous les navires et leur sillage est bientôt parsemé de rogatons sur lesquels la jonque passe sans même ralentir. Allongé à la proue, un malandrin ramasse tout ce qu'il peut à l'épuisette, comme un déjà-ça-de-pris qui met Petit Roux hors de lui.

La main qui prend et la main qui pend.

La brigande est juste derrière à présent, son nez camus vient renifler le fondement du fifty. Deux canons de mitraille sont visibles à la proue mais les charognards rechignent à couler le magot, renâclent à plomber la barbaque. Alignés en rang serré sur le pont du corsaire, ils restent planqués dans l'ombre d'une coiffe pointue comme un chicot de mégalodon – un *jingasa*, précise Furieuse, qui en connaît un rayon. Les écumeurs gesticulent sous leurs draps sombres pour cambrer les toiles et virer sans manquer. Un silence fort et clair, où tout va de soi dans un simulacre de revue militaire. Les katanas impatients cherchent déjà l'estoc et la taille, ils s'affûtent en sifflant sur l'acier des chaumards, ils brillent contre les kimonos noirs. La chasse-partie promet des récompenses et les pirates se partageront le butin à parts égales, puisque tout compte sur l'océan des pluies.

Des petits os aux simples clous.

Furieuse a ressorti son arc après le grand ménage, elle rassemble les tiges qui lui restent, rajuste les plumes sur les empennages, fourbit les pointes sur un morceau de corindon. Nous ferons la guerre avec la volonté de vaincre ou de mourir, doctrine-t-elle d'une voix de morse – on va se les faire, pardi, ces pantins mortifères.

Hardi mon gars
Vire au guindeau
Au revoir et adieu-vat.

Le gondolement sinistre d'un gong sonne enfin l'hallali, les forbans s'agglutinent pour aborder *Balthazar* et le matelot tremblotant se laisse glisser jusqu'au fond de la baignoire – s'il le pouvait, il descendrait plus bas que mer pour dénicher une palourde à sa taille. Les bruits font l'espace et la prédatrice mordille déjà les grumeaux du gouvernail quand Furieuse s'accroupit. Battons-nous, gronde-t-elle en balançant une bolée de pétrole sur les braises de la vasque. L'accolade de son arc racle contre le caillebotis et *Balthazar* vire aussitôt d'un bon quart de compas.

Sur la flamme toute neuve, Furieuse allume la pointe d'une flèche, l'encoche près du crâne de Petit Roux et vlan, le premier trait ricoche sur les feuilles tressées avant de s'éteindre dans la flotte loin derrière. Furieuse juronne, elle réencoche aussi sec. La deuxième flèche transperce l'un des forbans par l'œilleton, comme ça, mieux qu'un rostre d'espadon. Le dragon pétrifié reste un bon moment figé sur ses échasses, jusqu'à ce que des flammes lui sortent par la gueule. Il les fixe tel un phare et les prouhiers s'agenouillent dans leurs robes. Le message est passé, mordienne, ni sujétion ni renoncement – zéro capitulation. La jonque bascule en exhibant sa courbe d'étambot. L'allonge de voûte paraît incroyablement haute, l'arcasse est encore prolongée par la plateforme qui supporte une cabane recouverte de nattes. Sur le fond noir de l'écusson, des griffures rouges forment un nom – *Hakuro Maru*.

Un traqueur, guidé par l'odorat.

La jonque pivote sur elle-même avant de se replacer à portée de graillon, comme on dit dans ma cambuse. Seuls les tétons des jingasas dépassent désormais des bordés de pavois, et bientôt c'est une volée de bois vert qui jaillit des dalots pour canarder le fifty. La mitraille siffle aux écoutilles, burine le franc-bord, transperce les voiles mieux que des aiguilles à canevas. Furieuse pousse un haro rageur, en tâtonnant elle farfouille les flancs au pifomètre pour barboter ce qui s'y plante et se refaire un peu de stock. Le cliquetis des pointes s'interrompt juste un laps, le temps que les archers rebandent leurs arcs. Furieuse riposte – les va-t-en-guerre en auront pour leur grade.

Plutôt sombrer à pic que flottiller pour autrui.

L'*Hakuro*, feule-t-elle avec la paluche en visière, embusquée à l'abri des projectiles. Le nervi du

Cône Sacré est bien loin de sa harde, allez savoir ce qu'il guigne dans le secteur. Furieuse s'acroupetonne pour fignoler le réglage des voiles, le winch cliquette doucement et les avaletouts de l'écoute grincent sur le rail. Quand tout est bien en place, elle pique tête-bêche dans la cahute tandis que les flèches pleuvent derechef, à croire qu'elles boomeranguent d'un bord à l'autre.

Petit Roux reste prostré dans le fond du cockpit, seule sa pogne dépasse pour tenir la barre – peu lui chaut de perdre juste une phalange, quand il en reste tant d'autres. À l'aveuglette, il se borne à garder l'angle du vent au mieux sur la toile. Baisse-toi, commanderait Câline, si elle commandait encore quelque chose. Reste caché, Petit Roux, laisse la bordelière se castagner pour toi.

Le bon héroïsme, c'est d'abord la survie.

En tournicotant la pointe d'un canif contre le plexi d'un hublot, Furieuse s'est concocté un sabord par lequel elle enfile l'un après l'autre ses carreaux d'arbalète. Les forbans se redressent à l'unisson, les arcs bien droits et les coudes à l'équerre, avec un genou sur le pont. Les flèches des daïkyūs ricochent par volées de neuf en vrombissant contre le gelcoat du fifty. Furieuse restreint ses dards – la durée du siège dépendra du stock.

Elle vise patiemment les cous par le centre, sur la virgule qui souligne l'ombre des jingasas. Et par deux fois, hop, le carreau pénètre les gosiers mieux qu'un doigt dans l'eau. Belote et rebelote, les deux wakōs s'effondrent l'un sur l'autre. Un sept ramène ses bêtes, piaffent nos associés enhardis. Le sang dégouline en filasse de méduse, la brise souffle l'encre à la paille et torsade les coulées sur la coque. Adonc, les forbans s'agitent et les jingasas s'entre-choquent, ils dépouillent les cadavres avant de les jarter à la baille, nus comme des vers de vase.

Plaisir d'offrir, joie de recevoir.

La jonque prudente s'écarte de quelques brasses, le fifty retors lui a déjà coûté trois gredins. Furieuse calcule, planifie, grignote et suçote goulûment le squelettin de son ara trop cuit, puis elle prépare ses dernières flèches au beau milieu des cartes, comme ça, en traçant la route plein sud qu'elle maudissait auparavant. Ses ordres claquent comme un fouet lorsqu'elle crie d'empanner ou de rétablir, dix dans l'est maintenant, voilà, laisse venir, reprend et choque, c'est guère le moment de mollir, moussaillon. Et Petit Roux s'exécute, pardi, mais il voudrait être loin, le matelot terrifié. Loin de Furieuse, loin des barjots qui les canardent à tout-va – dans le jardin féerique du Toubib, mettons, parmi les pelages soyeux des tigres et des biches venus purifier la peau souillée de Câline. Au creux de l'esgourde, il croit toujours percevoir la cascade des quatre fleuves et le rebond joyeux de l'eau douce sur les sylves rassasiées.

Sur tribord, hurle-t-elle.

Viens du lof.
Défie, défie.
Vire à la bosse.

La jonque poursuit ses bordées, mais les tirs des archers deviennent plus sporadiques puisque chacun chaperonne ses plus belles pointes pour les plombes à venir. La guerre d'usure vient de commencer et le compas s'affole dans son bocal. La murène attend la sauricière des eaux sombres, le traquenard à pas de loup. L'auberge de la sorgue, voyez-vous, c'est le coupe-glotte des marins noctambules. *Balthazar* file sur l'onde avec les voiles en ciseaux et l'*Hakuro* en remorque sur la hanche tribord.

Furieuse redébarque dans l'écumoire en brandissant son arc et trois flèches neuves, chacune chapeautée d'un gros manchon d'étoupe. Elle s'allonge contre le moussaillon avant d'enflammer ses fusées incendiaires. Elle cible la cabane à présent, là où le bordage est le plus haut, en visant juste entre les mâts, en perforant l'opercule des élytres avec des flèches qui dessinent de belles courbes dorées dans le crépuscule. L'*Hakuro* arise illico un panneau de plus sur chacun de ses mâts, il ralentit l'allure pendant que les forbans balancent des seaux sur les flammes. Le feu grégeois s'agrippe aux nattes, au suif, à l'huile de tung.

Toujours collée au mateluche, Furieuse jubile en serrant l'arc entre ses cuisses. Elle fouette la gambette du gamin – tu vois bien, se rengorge-t-elle, on leur fout la trouille et puis c'est marre.

Plus haut, la voûte avachie se fait menaçante, un grand nuage noir roule sur eux en éteignant tout sur son passage. Ils doivent encore accroître la distance entre les deux navires, ensuite ils s'effaceront comme s'effacent toutes les proies de ce monde. C'est ce qu'elle décrète, la colonelle, mais Petit Roux profite juste de la chaleur du corps qui épouse le sien. Il trouve qu'elle a de très jolis genoux.

Sans rien oser lui dire.

La mouillante débarque au pas de charge et Furieuse profite de l'obscurité pour crapahuter prudemment sur le pont, elle ferle la grand-voile, chipote sur le cap et l'écoute du tourmentin. Loin derrière, l'*Hakuro* s'enguirlande de lanternes trébuchantes. La jonque prédatrice a replié ses grands panneaux, elle garde la distance avec un faux air de sainte nitouche, tandis que les vagues redoublent et viennent s'empoitrailler pleine-bille contre les flancs du fifty.

Balthazar culbutote et les équipiers transis se réfugient dans la cahute en calfeutrant la descente derrière eux. Ils scrutent le raffut dans la chambre d'écho – drisses qui branlent, râles d'étrave, grimaces de varangues. Ils redoutent l'irruption de la jonque, si par méchef elle osait l'abordage en profitant des rafales. Point de lumière, gronde Furieuse, seul le silence peut sonder le bruit.

Sur la table du carré, elle cisaille le fond d'une bassine pour y planter une tige, sur laquelle elle noue le mouchoir d'une voile et le mousqueton se rapproche pour reluquer la bricole. Un leurre, marmonne-t-elle dans sa barbe, juste un attrape-nigaud. Derrière le mâtereau, Furieuse ligote le bocal entamé, puis elle perfore le couvercle métallique avant d'y enfouir une longue mèche imbibée de graisse. Flash zébré du zippo, parfum d'écailles calcinées. Furieuse brandit son petit phare répugnant et, en moins de deux, elle est déjà dehors à déposer délicatement la piperie sur le dos rond d'une vague. Les prédateurs suivront l'appât, pavoise-t-elle crânement.

Depuis le haut de la descente, Petit Roux regarde le lampion s'éloigner. Les hameçons plus gros que les proies ramènent que des algues, songe-t-il distraitement. La jonque est invisible, mais il la sait toujours embusquée, prête à surgir. Nul besoin d'aileron pour flairer le danger, il suffit d'écouter le crachoir de la baille. Furieuse le tangonne d'une épaule et referme le panneau derrière elle.

L'attente se fait pesante dans la panse bilieuse du fifty. La bougresse a tranché la plus longue de ses tresses, elle y pioche les tifs trois par trois avant de les tournicoter dans le chas d'une grosse aiguille. Malgré les ténèbres, elle s'obstine à recoudre des placards sur les trous des voiles et Petit Roux fermente et croupit comme le jus de sentine dans un recoin du carré.

Ce qui faut, c'est un vrai piège, rumine Furieuse en tortillant son luzin. Elle a sa petite idée là-dessus, foi de chasseresse, et sitôt sa couture achevée, elle s'empare du mateluche et l'étend mieux qu'un linge sur la couchette en pointe – au plus loin de Câline. Sans même prendre le temps d'ôter son néoprène, puisqu'il est déjà fendu en barboteuse.

Petit Roux la laisse faire en chiffe molle, on pourrait croire qu'il dort. Et quand bien même, il lui offre déjà tout ce qu'elle veut – le baculum vertical d'une otarie.

⚓

Embusquée dans les fourrés, revancharde en diable, la jonque braconne dans les plis sournois du cadran noir. Partout on la cafte, partout on la moucharde, dans chaque bulle qui vient mourir à la surface on peut entendre *Haku, Hakuro, Hakuro Maru*, à croire qu'on cause plus que de ça dans les réunions de nageoires.

Profitant du répit, Petit Roux réveille Furieuse en la secouant pour lui demander ce qu'elle sait des forbans lancés à leurs trousses. La sommeilleuse pivote en crissant sur les lambeaux qui couvrent la paillasse. Tout ce qu'elle peut dire, en fin de compte, elle le tient de l'Empereur – à croire qu'il sait toujours tout sur tout, ce qui est loin d'être faux.

L'*Hakuro* fait partie de la flottille des wakōs et les wakōs sont les guerriers du Cône, point-barre. Ce sont eux qui nourrissent les cités flottantes du Levant, autour de l'archipel des Cent Neuf. Mais vous le savez déjà forcément, vous les connaissez vous aussi, les soldats zombies du Fujisan – vous redoutez leurs raids sur vos petits comptoirs côtiers, leurs rapines de haute volée et la violence des algarades, c'est cousu de cils blancs.

L'Empereur prétend que quatre cents jonques semblables sillonnent toujours Mirovia pour rentrer les cales pleines et les pognes sales. Selon sézigue, l'*Hakuro* compte parmi les plus téméraires, les plus pernicieuses aussi. Pour les wakōs, comment dire, c'est le rocher Fuji qui façonne l'Étoile et le Nord magnétique. Le Cône Sacré est inabordable, foi de globe-flotteurs, c'est le centre exact d'un cercle sans écorce.

Un océan de paix ?

Mon cul.

Furieuse s'est bien vite relevée de la couchette. Suspendue aux mains courantes, elle plaque les encres de son front contre les hublots pour fouiller l'obscurité mâchurée par le rush. Bientôt convaincue que la jonque a décampé, elle renfile la parka et ressort interrompre la dérive en rétablissant un chouïa de toile.

Petit Roux reste idéalement au sec dans la cahute chahutée, il se répète en boucle le mot *Fuji*, la haute cime blanchie du mont Fuji, Fujisan – d'après l'Empereur, selon Furieuse, c'est le sanctuaire des stylites et des ascètes monticoles. Le petit mousse imagine alors une sorte de phare formidable, comment dire, une cheminée de fée, l'ultime boisseau du noyau merestre. Il fantasme le volcan gris, ses pentes abruptes, le cratère brûlant et le soufre de sa toux sur les neiges éternelles. Il rêvasse aux guerriers wakōs, cramponnés aux bouchots du piton protecteur.

Le mont Fuji voilé.
Dans la pluie brumeuse.

Ben mon bonhomme, faut les voir cingler à présent sur le paletot des vagues dans le noir complet, le fringant fifty dévale des toboggans savonnés jusqu'à l'entre-deux lames, là où la coque hésite un laps avant de se faire remonter les bretelles – c'est l'impatience de gagner qui fait perdre, morigénait l'Empereur, mais elle s'en fout bien, Furieuse, elle calte et puis c'est marre. *Balthazar* prend ses varangues à son cou, il galope au taïaut sur la tôle ondulée. C'est la dèche de flèches et c'est la pénurie de plumes, de coq ou de perroquets. Il leur reste juste une fronde en caoutchouc, des coquilles coupantes et quelques clous rouillés. Avec un brin d'aubaine, la maudite caraque sera déjà loin, trompée par le falot du bocal.

Furieuse glaviotte entre ses guiboles.

Point de conseil à parti déjà pris.

Quand l'aube s'installe, quand la flotte s'assouplit enfin, la skippeuse intrépide renoue la barre à l'écoute et débarque dans la cahute, plus livide qu'un tibia dépiauté. Petit Roux est attablé, il siffle une moque de citronnade en émiettant un filet de flétan sur un craquelin de grateloupe. C'est à peine s'il lève la caboche lorsqu'elle s'installe face à lui. Faut se préparer à ce que l'*Hakuro* revienne, crache-t-elle, ruisselante, en posant un ongle mou sur la carte déployée entre ses pattes. Elle a changé ses plans et ils iront là, finalement. Là où on l'a fait naître, la rescapée des récifs. Là où elle pensait qu'elle irait plus jamais. Ici même, sur les bollards à fleur d'onde de vos atolls tout neufs.

Et voilà le pourquoi du comment nous avons fini par venir jusqu'à vous. Vous pigez, maintenant ? Sans la jonque, tout aurait été bien différent. Quant au *Ghost*, jamais il aurait dû s'aventurer aussi loin, mais l'Empereur cabochard voulait récupérer *Balthazar* par-dessus tout.

Furieuse est catégorique, nul caillou qu'elle ignore, point de courants inconnus au programme. Elle se souvient de tout, des trous de loup aux chaussetrappes, elle décrit les dorsales rocailleuses entre les stacks éperonneux, là où les orques raclent à s'en rayer le râble. La diablesse dégoise sur les grandes manœuvres de son guet-apens, de sa jonquicière – la tactique récompense toujours les marins perspicaces. Petit Roux achève de grignoter sa pitance en sursautant quand elle tape sur la table. Ce serait miracle, gronde-t-elle, qu'une vulgaire pirogue en balsa parvienne à se glisser là où *Balthazar* passera.

Le paysage change sans cesse sur la Mer-océane, c'est dur à croire mais c'est toujours ainsi. Après les reflets de chlorophylle, voici venir le cobalt sous le poids duquel la flaque chancelle – ciel bleu angle noir, dit-on par chez nous. Les plombes s'égrènent au compte-goutte et les grands courants nous hérissent quand on les a dans le pif.

Le cap reste fixe à présent, c'est celui de l'antan de Furieuse, celui qui renoue avec ses démons pour braver vos défenses et défier l'embargo. La furibonde chevauche le mateluche quand ça lui chante, dehors comme dedans, sans guère prévenir.

Elle passe des plombes sur le pont à scruter les abords, et le jaune cireux d'un nouveau cadran remplace bientôt le bleu sans que la jonque se pointe. Ils commenceraient presque à y croire, en fin de compte, mais l'*Hakuro* rôde toujours selon Petit Roux. Et depuis son cocon confortable, Câline l'admet à contrecœur – c'est bien ce que l'anchois chante, ce que les sprats colportent, ce que le krill hurle avant de gaver les calmars. Furieuse se charge de ratisser la surface avec un filet rapiécé pour chiner le tout-venant et refaire du stock. Surtout du bois, suffisamment de planches pour assembler un radeau convenable.

Dans le gardoir des équipets, la guerrière a déniché les trois volumes des tables américaines et elle s'acharne désormais sur Phébus, notre cagnard bienveillant. Elle le toise quand il fait sa pause méridienne, pour calculer la latitude et l'impossible longitude où le fifty batifole. Elle fait semblant, pardi, juste pour glaner les galons de la commanderie.

Les gambettes croisées sur le rouf, elle écrase sa pupille contre la lunette du vieux sextant, déplace soigneusement les filtres devant les deux miroirs, fait descendre l'astre sur l'horizon avant de mémoriser la hauteur sur le limbe. Elle corrige l'excentricité et la collimation comme l'Empereur le lui a appris. À voix haute, elle compte pour remplacer la breloque manquante, en mettant un A atone avant chaque chiffre – de A-un jusqu'à A-soixante, sans se hâter, car la science est une affaire de patience et la veine vaut parfois mieux que la science. Puis elle s'engouffre en ronchonnant dans la descente pour gribouiller ses fractions fantaisistes.

Malgré les éphémérides obsolètes.

Malgré les garde-temps en carafe.

Chevillé à la barre, Petit Roux la laisse faire quand elle lui cause pêlemêle d'intercept et d'azimut, d'angle horaire, d'astrolabe et de bâton de Jacob. Balivernes, secrète-t-il – infligé d'une oreille, excédé de l'autre. Et pour finir, elle plante son crayon dans la carte et bondit en braillant qu'ils sont là, hop, juste dans l'enfonçure. Demande aux bélugas, brocardait Câline, s'ils se perdent où qu'ils aillent.

Petit Roux s'incline sur la carte froissée et secoue la tignasse, non, il pose sans hésiter son index dans la diagonale sud-est – presque, chicane-t-il en souriant, puis il montre l'aiguille du compas déjà verrouillée sur le bon cap depuis l'aube. Allez piger l'entourloupe, vous reviendrez bredouille. Furieuse se cramponne à ses points d'estime mais elle finit par abdiquer devant l'assurance du garçon. C'est génial d'avoir une boussole dans le crâne, ma parole, faut être de mèche avec la poiscaille pour oser planter une punaise sur la carte. Et quoi encore ? grondet-elle en tournant les talons, avant de se rapatrier sous le rouf en persiflant un *Monsieur Je-sais-tout.* Petit Roux renifle la fumée de sa pipe en sépiolite qui cotonne depuis la descente.

Est-ce plus,
Ouest-ce moins ?
Bouffonne-t-elle.

Balthazar brille comme la tonsure d'un rivet pop. Le fuselage zébré d'un poisson-pilote le devance, les ailerons gris doivent patrouiller dans le secteur. Avec la magie du mirement, les trois vantaux pourpres reparaissent soudainement et Petit Roux les désigne sans piper mot. Comme de juste, la jonque reste plus véloce que le mouille-cul de l'Empereur et l'*Hakuro* déboule à tombeau ouvert – il les rattrapera en deux coups de cuillère à pot.

Aux mains de faire à présent.

Même si la fenêtre est étroite, Furieuse semble vouloir y croire. Encore deux plombes de bon vent, disons, c'est bien tout ce qu'elle demande pour atteindre son but, et les manœuvres de l'esquive reprennent comme jamais.

La seule fleur qui pousse par ici, c'est bien la fleur de poisse, vous pouvez me croire – on en fait des bouquets pour toutes les saisons.

Toutes voiles dehors, *Balthazar* cingle vers l'archipel rocailleux, celui que vous protégez avec tant de zèle. Et juste avant le dernier quart du cadran clair, Petit Roux crie le mot *TERRE* pour la première fois. La *terre*, pour nous autres, faut vraiment se pincer pour y croire. Il y a des mots comme celui-là qui vous remuent les viscères mieux que les ovaires foireux du fugu. La *terre*, c'est d'abord de simples espars qui émergent du fatras filandreux des déferlantes. Des récifs, précise Furieuse en surveillant l'encablure de la caraque. Le matelot fasciné scrute les haches contre lesquelles le flux brise des lames qui s'éventaillent sur dix bonnes toises célestes.

Plus ils approchent et plus le vacarme s'intensifie, la mer-irascible éructe comme si des ogres nichaient dans les grottes. Furieuse vitupère qu'ils passeront à l'ouest d'un pic encore à venir, puis ils remonteront le long d'un goulet qu'elle connaît comme sa poche – un vrai boyau, rabâche-t-elle, mieux qu'un côlon de marsouin.

On y est.
Aie confiance.

Furieuse marmonne en pointant les roches découvertes, là où les parties les plus sombres dessinent le repère des marées – plus l'amer est haut et plus la mer est basse, proverbe-t-on par chez vous. La petite ombre rassure mais les portes d'èbe s'ouvriront bientôt et le flot dévalera le dédale. La passe deviendra alors plus dangereuse qu'un maillon de madrague. Faut se grouiller pour se faufiler juste avant le jusant, faut supplier surtout pour que les forbans s'engagent après *Balthazar*.

Mais l'*Hakuro* flaire le piège, le bougre tergiverse sans trop savoir sur quel bouchain danser. Les wakōs se méfient, quand bien même la proie leur appartiendrait, quand bien même ils compteraient dessus pour se refaire les cales – à croire qu'ils vous craignent comme on vous craint, corbleu, selon l'hospitalité qui vous caractérise. Pire encore, ils honnissent les couards qui kamikazent juste pour leur glisser entre les pattes.

Forte de son faible tirant d'eau, la jonque s'engage pourtant dans le pertuis, à moins d'une encablure du fifty. L'entonnoir s'amenuise et les rochers se resserrent – les îlots habités sont juste derrière, crie Furieuse en couvrant le raffut du ressac. Mais Petit Roux semble pétrifié, hypnotisé par le panache des gerbes qui savonnent les parois immobiles. Ni plantes ni lichens, la mer-cruelle gaspille son temps à s'y curer les claquettes. La houle croisée explose par endroits tandis qu'elle s'affaisse ailleurs et seuls les piliers abrupts restent de marbre, bien ancrés dans le mortier des bas-fonds.

Les brisants grondent.

Les étocs crocodilent en surface.

La jonque approche en ricochant.

La porte est haute et si le vent refuse, hélas, ils pulvériseront l'étrave du fifty sur un bloc implacable. Furieuse remonte toujours le goulet à la limite du faseyement, elle barre debout à la phalange près en mordillant nerveusement la perle d'une de ses tresses. Les entrées d'air, trop faibles ou trop brusques, contrarient *Balthazar* – à peine prend-il la gîte qu'aussitôt il se redresse. La truffe de l'*Hakuro* grouine déjà dans leurs grumeaux quand ils parviennent au point voulu.

Furieuse attend le dernier moment, elle lit le dessin du haut-fond dans les éclaircies de l'écume, elle guette la dorsale sous-marine qui divise le chenal meurtrier en deux chemins maigrichons. Et juste avant l'impact, elle abat d'un poil et s'engage dans la travée de tribord. Sans trop tirer sur la barre, pour éviter d'éveiller les soupçons.

Elle passe au ras de la courtine accore en esquivant de justesse le biseau de la rampe – moins d'une brasse de tirant, rognonne-t-elle en lorgnant le miroitement de l'écueil. Petit Roux courbe l'échine comme s'ils allaient sancir de concert et *Balthazar* glisse sa bedaine entre la crête engloutie et la croûte de gneiss qui couvre la muraille. Vu de la jonque, c'est comme si le fifty se drossait de lui-même contre la falaise.

Et depuis le gaillard de l'*Hakuro*, le barreur préfère aller droit – point fou, le mérou. C'est trop tard déjà quand il découvre la tête de roche qui déboule devant lui. Vlan, la dérive explose et la jonque racle tout le long de la membrure. Elle vire sur elle-même, comme ça, emportée par son erre et les tourbillons sournois. Le safran percé se délite en copeaux épars et l'*Hakuro* finit sa course en heurtant joliment la paroi. La mandoline granitique surjoue la plainte du bois et le saccage des voiles.

Furieuse carillonne, elle balance une torgnole sur la caboche du gamin. Regarde, claironne-t-elle cruellement. Admire-les, nos hussards de poulaine, vois comme ils savent sombrer, ces jean-foutres de mes deux. Ouvre grand la feuille et gargarise-toi de leurs jérémiades. Les entends-tu mourir ? Écoute leurs plaintes pitoyables fendre le cœur des vagues, savoure le bruit des ongles raclant la roche pour grimper nulle part, applaudis la houle pudibonde qui vient les couvrir d'un toupet de poulpe.

La jonque broyée rejoint le cimetière sous-marin des épaves alanguies, c'est comme ça, on punit jamais les diables en les laissant vivre – on les recycle au plus vite et les crabes macrophages phagocytent propre et net les pirates prétentieux.

Ben mes aïeux, le fifty victorieux jaillit tel un bouchon de bombonne du goulot bouillonnant. Les voiles frémissent, la barre vibrionne et *Balthazar* relâche en se massant la panse. Petit Roux sourit à Furieuse, il voudrait la soulever, la serrer dans ses pattes, lui lécher les chicots.

Faut avouer qu'elle pavoise, la bougresse, avec sa trogne satisfaite. Elle balaye son exploit d'une pichenette et bravade qu'il faut encore se coltiner l'encombrant sarcophage. Elle évoque une sorte de grève à quelques milles de là, où la terre-ferme vient à l'eau sans trop de cailloux. Elle y jouait jadis quand elle était môme. C'est risqué, précise-t-elle, les Pousse-cailloux y font paître les carnes et picoter la voletaille. Mais quand bien même, c'est la seule anse abordable qu'elle connaisse dans tout le secteur.

Ils iront sans se hâter en faisant des ronds au large pour atterrir en douce, au dérobé du cadran noir. Débarrassés de la jonque, ils reprennent tranquillement leur croisière. Les fagots crépitent dans la vasque tandis que les loques étendues s'assèchent au couchant. L'alcool de fruits et la salure des harengs stimulent la salive.

La *terre* s'éloigne vite.

L'horizon se referme devant elle.

Nos ancêtres aussi se demandaient ce qu'ils foutaient là, mais c'était plus facile au temps jadis, de billeveser les panards au sec comme des morses au clair de lune. C'était plus commode, pardi, de s'offrir le loisir de gamberger et de pinailler sur la mer ou le rivage, pour ou contre, en jouant sur les deux tableaux. Faudrait remonter au carbonifère pour observer des imbéciles qui nous ressemblent, avec les museaux levés qui reniflent toujours le meilleur endroit pour atterrir, avec l'urgence de troquer les vieilles nageoires contre des gambettes neuves.

Pour nous autres du Pays-de-Mer, comment dire, l'évolution des espèces c'est du déjà-vu. La rebelote des transhumances, le naufrage à perpète. Sans l'Inondoir, tenez, on serait jamais allé plus loin que le bout de nos prés.

Furieuse profite de l'accalmie pour bien préparer *Balthazar*. Harnachée à la balancine, elle valdingue entre les haubans pour barbouiller l'une après l'autre les voiles ravaudées du fifty. Elle les badigeonne du guindant à la bôme avec un gros tapon d'étoupe qu'elle plonge et replonge dans une mixture d'essence goudronnée – coudée après coudée, elle recouvre toute la surface. Le camouflage est imparable et le feuillage s'escamote sournoisement sur la flaque. Elle enduit mêmement les francs-bords et le clinquant du rail de fargue, en ficelant une sorte de plumeau au bout de la gaffe.

L'ivoire des bordées est bientôt galipoté jusqu'au tableau arrière. Avec ce qui reste de mixtion, elle gribouille les émerillons, les manilles et les ridoirs pour occulter les reflets de l'inox, puis elle racle le goémon de surface avec la résille d'un filet de pêche, qu'elle le tissera ensuite entre les mailles afin d'escamoter le gelcoat du pont. Dès lors, même les voiles carguées, le fifty maquillé reste plus discret qu'une frégate espionne. Petit Roux grimace depuis la bauge en reluquant son canot craspec. *Balthazar* pue l'épave, pouah, pire qu'une relique de rorqual.

De quoi pigeonner les vigies des rivages.

Sur la pointe du sabot, avec deux ris prudents, ils mettent enfin le cap sur la grève promise. Le moussaillon guigne la *terre* aux lorgnettes, il traque la rognure côtière fichée à mi-chemin entre la flotte charbonneuse et le ciel fuligineux. D'un geste brusque, Furieuse désigne la voûte et le gamin s'écarquille rondement. Trois grands oiseaux gris viennent rôder dans les parages. Le mousqueton exulte, il salue les piafs en sifflant son cri strident – *trrriiillliii, trrriiillliii.* Les anatifes, beugle-t-il en trépignant, les anatifes sont revenus, comme dans la prophétie de Cassandre. Face à lui, Furieuse rognonne la misère d'être privée de flèches quand les poulets volent. Les goélands virevoltent et piquent la surface, le bec béant, les palmes puissantes, leurs railleries se croisent et lézardent l'espace de brefs éclairs lumineux.

Tori Naku, songe Petit Roux, c'est le chant des oiseaux. Il connaît le poème sur le bout du pouce, Câline le récitait parfois quand elle le berçait à la proue du *Ghost*.

Le chant des oiseaux te tire des rêves
Regarde à l'est le jour se lève
L'azur brille entre le large et la côte
Une flottille de voiliers repose dans la brume.

On va s'arrêter là, décrète Furieuse – vent-dessus, vent-dedans, avec la barre à contre. Elle pivote sur elle-même en inspectant les pourtours et le périmètre. Il fait trop clair encore pour caboter près des rivages hostiles et nul portulan, corbleu, pour accoster les havres défendus. Ils attendront le mitan du cadran noir, quand la piétaille roupille et quand les trombes raccourcissent la portée. Ils iront à tâtons, comme ça, en se fiant juste aux signaux des brisants, aux nœuds réguliers de la petite sonde qui leur colportera les fonds.

Au petit bonheur la chance.

Furieuse s'étire comme un sandow et sa voix s'éraille dans un interminable bâillement. Elle décrète qu'ils vont grailler quelques miettes et s'accoupler une dernière fois, pour s'assurer qu'elle soit parfaitement pleine. Après seulement, ils érigeront le radeau en capelant la dépouille sur le platelage. Et juste avant le point du jour, quand la mouillante mollira, Câline et le matelot déguerpiront – c'est sa ligne de conduite, son fameux plan d'action.

L'oracle protégeait Petit Roux jusqu'à lors, puisque Cassandre l'avait vu lui donner un fils, mais désormais c'est une tout autre histoire. Et quand bien même on le boulotterait devant elle, quand bien même il coulerait à pic, Furieuse se débrouillera sans lui. Un gniard sur le pont du *Ghost*, c'était la preuve qu'elle survivrait quoi qu'il arrive. Elle risque rien jusqu'aux premiers vagissements, la pimprenelle, jusqu'à ce que son fiston tienne droit sur ses échasses, paré à la défendre, elle sera comme la méduse immortelle – celle dont causait Câline, quand elle causait encore.

Une fois taillé, assemblé et ficelé, le radeau branlant couvre presque toute la surface du cockpit. Six défenses en plastoc et quelques bidons étanches assurent la flottaison et Petit Roux le soulève à grand-peine pour le faire culbuter par-dessus la filière. Chevrons et solivettes sont joints bord à bord par des quaranteniers de nylon noués au plus serré. Ni fioritures ni calfeutrage, juste une engoujure au tableau pour guider l'aviron. De quoi dévaler droit devant les premières vagues qui les sépareront du rivage, ensuite il ira battre la baille des guiboles en mimant le demi-crawl d'une queue de cétacé.

L'assiette devra rester bien droite pour franchir la dernière barre. Le fiston ondulera sous les rouleaux sans lâcher sa palette, les hanches souples et le cintre droit, en prenant garde aux remous qui rabattent sur les brisants.

Un jeu d'enfant, somme toute.

Furieuse ajuste le tourmentin et *Balthazar* s'ébroue docilement avec son radeau en bandoulière. Lorsque la sonde rapporte dix brasses de profondeur, elle affale tout pour mouiller l'ancre-charrue aux acores des roches montantes. La bitture dévale en cliquetant contre le guindeau, elle compte trois fois la longueur de la coque avant que la chaîne se tende.

La houle roule sous la carène et le fifty pouacre dodeline ton sur ton – peu de risques qu'on le repère avant l'aube.

Filtrée par le grillage de la drache, la côte s'élève dans le relief et grimpe en pente douce jusqu'au nivellement d'une sorte de plateau ras. Des arbustes étriqués pâturent entre les sapins obliques, on devine quelques loupiotes dans le fatras des cabanes en torchis, toiturées par des fagots de branchages et des pierres plates pour éviter que les chapeaux s'envolent. La fumée grise des fourneaux sort d'une forêt de tuyaux tortueux. Les Bêtes-à-pain dorment peu et se lèvent tôt, peste Furieuse.

Les ceusses qui vivent en bord de mer seront toujours les parias de vos petits eldorados primitifs. Même les gouins flottants sont mieux lotis que les gueux du Pays-de-Marche.

Câline est déjà garcettée sur le radeau quand le fils embarque, prudemment, en posant un genou de part et d'autre, il s'agrippe au balcon du fifty pour rétablir l'équilibre mais la flotte s'infiltre aussitôt sous ses braies pour lui glacer les rotules. Il s'éloigne presque sans bruit, comme ça, avec les petits plats des planches qui flappent dans les gerbes claires.

Aloha, momie et matelot.

Furieuse hésite, on dirait qu'elle cherche ses mots en claquetant des crocs. Elle finit par lui aboyer qu'il est trop con – bête à bêcher la flotte, grondet-elle en croisant les nageoires. Mais le moussaillon s'obstine à tourner la caboche du côté du trou où les cris se perdent. Le radeau s'en va et le murmure frissonne, partout sur l'onde, jusqu'aux glaçons des pôles et jusqu'aux puits profonds de la zone hadale, des voix inaudibles s'interpellent et se répondent.

Est-ce lui ?
Oui, c'est bien lui.
Pourquoi part-il ?
Parions qu'il reviendra.

Petit Roux godille bien en huit, les calots perdus dans les remous que sa pelle crobarde, il attend un bon moment avant de se redresser et pouvoir reluquer enfin Furieuse qui le suit aux lorgnettes depuis le pont de *Balthazar*. Le fifty au piquet ressemble à un jouet de marmot.

Elle a revêtu sa robe en organdi, Furieuse, c'est tout ce qui lui reste de chez vous. Une robe en charpie cent fois reprisée qui contraste avec l'ébène du néoprène. Le petit mousse rame de plus belle et, pour conjurer la peur, il chansonne comme tous les gabiers chansonnent.

Et toi, ma pauvre mère,
Qu'as-tu fait de ton fils ?

À l'approche du rivage, la houle gonfle puis soulève des rouleaux qui galopent en grondant sur un long plateau rocheux. La brise est saturée de senteurs trop fortes, le suc chasse le sel et rehausse les relents putrides, les gerbes photophores de l'écume illuminent une anse barbouillée de salive qui s'affine au fur et à mesure que le radeau progresse. La berge est ceinte par deux pitons pointus, hauts comme des tours de garde.

Marin c'est la misère,
Marin c'est trop souffrir.

Petit Roux s'immerge tout de gob dans le bain glacé, il s'allonge en grelottant dans l'axe du radeau, cramponné au cul du platelage. T'inquiète, petite mère, quenotte-t-il en guidant la dépouille vers le rivage imprécis.

J'ai encore un petit frère,
Qui dort dans son berceau.

Il vise le renfoncement d'une sorte de crique, comme un accroche-cœur arqué dans la frange. Et le dernier rouleau l'envoie rouler bouler dans les bourrelets du varech, au beau milieu d'une belle flaque stagnante.

Je t'en supplie ma mère,
Fais-en point un matelot.

Le radeau démembré atterrit dans une bauge abjecte de mouscaille et de détritus. La plage tant attendue est loin d'être une sablière, pouah, c'est juste une margelle rocailleuse, dégarnie par le refrain des tempêtes et la lessive des mauvaises saisons. Petit Roux s'agenouille en dégorgeant des pacsons d'écume, le sang lui dégouline des rotules, des flancs et des naseaux. Il maudit la puanteur et se torche d'un revers de paluche – comment pourrait-il oublier l'éden, aperçu depuis l'intestin du coracle ? Lui qui s'imaginait tous les jardins semblables à celui des délices, ceints de montagnes altières, percés de cascades limpides, sertis de fleurs et de créatures fantastiques.

Une vraie cantonnière, souillée d'ordures.

Le fiston tracte au sec les débris du radeau, comme ça, puis il dénoue la sauvegarde de Câline. Le capuchon nuageux s'éclaircit déjà, chaque chose retrouve son ombre et la rincée s'atténue. Seuls les rouleaux poursuivent leur barouf, on jurerait le métronome implacable d'un compte à rebours.

Le plancher trop ferme lui donne le tournis – imaginez qu'on vous colle un épaulard sur le râble, voyez vos béquilles flancher et vous comprendrez peut-être le fichu calvaire des Fruits-de-mer.

Sans un égard pour *Balthazar*, le matelot se coltine la dépouille sur le paletot. Gibbeux et pantelant, il crapahute dans le ballast pour s'éloigner du rivage et la carcasse ploie sur l'épaule, la poix fendille les bandelettes malmenées tandis que le gamin gravit péniblement la pente jusqu'à ce que ses arpions s'enfoncent enfin dans la tourbière. Épuisé, il dépose sa mère sur un petit monticule, près d'un rocher solitaire.

Petit Roux creuse la terre comme la drache pioche la roche – au goutte-à-goutte, il égrène les petites mottes, souffle sur la poussière, palpe la pierraille. Avec la bêche d'un fragment de rame, avec les griffes qui raclent et grattent jusqu'à la pulpe, il laboure tant bien que mal un caveau dont les parois s'effritent et s'éboulent. Parfois, il goûte au croquant des racines, traque les larves et les lombrics, des insectes plus amorphes que les crevettes de surface et la salive crisse sous la pression des molaires.

Quand l'envergure du trou équivaut à celle du linceul, il y dépose enfin Câline – bien à plat, les arpions à l'équerre. Bien qu'étroite et peu profonde, la tombe suffit amplement. En grimaçant, il renonce à dégager la trombine du bandage.

L'écorce couvre la sève.

La terre nourrit l'écorce.

Le moussaillon s'agenouille pour embrasser sa mère une dernière fois, il la rassure à voix basse en murmurant sa promesse. Depuis le tamis des phalanges, il tapisse la gangue en la saupoudrant de poussière, pleurniche un brin, chuchote un aurevoir et bon vent. Quand la litière recouvre enfin la silhouette, il rabat le remblai à grands coups de latte et sautille de tout son poids pour bien tasser les gravats.

Il hésite à tracer une croix sur le petit monticule, comme dans les livres de l'Empereur – une croix pour quoi faire, corbleu ? Câline repose dans son lit douillet, couvée par le manteau d'argile.

L'aube soulève déjà les tentures d'un cadran routinier et le matelot pivote par les hanches pour contempler le tableau, avant de redescendre jusqu'au rivage en dévalant les graviers. Vu de la berge, le visage de la mer est bien différent. C'est comme si elle était plus haute, la garce, comme si l'épiderme devenait plus épais. Petit Roux approche au plus près du vacarme, il s'avance en douce et recule au gré des vagues languissantes. J'imagine que vos bambins font pareil quand ils polissonnent dans les criques, quand ils bravent les limites du flot en poussant des cris de mouette, en soulevant les arpions pour tracer la frontière des deux mondes.

Le danger, c'est toujours cette petite langue sournoise qui vient vous chatouiller la plante.

Petit Roux se perche fièrement sur l'estrade d'un galet plat. Plus raide qu'une livarde, il écarte les orteils au ras du bouillon.

Il goûte au paysage.

C'est un joli jour pailleté qui s'apprête tranquillement. Blanc comme la brume qui monte, doré comme les écailles du chinchard. Le petit gouin satisfait ignore le bruit des bottes qui rappliquent et s'attroupent à sa poupe, il tourne le derche aux fourches que les îliens brandissent. Plus loin au large, il devine la masse sombre du *Ghost* qui vient de rejoindre *Balthazar* – comme un quoi de neuf et bien le bonjour.

La pensée que Furieuse soit déjà revenue dans le giron de l'Empereur le fait à peine sourciller. Comment pourrait-il deviner qu'on le reluque tous aux lorgnettes, depuis les passerelles du cargo ? Comment pourrait-il percevoir les grands gestes et les cris horrifiés de l'équipage prévenant ?

Il crache dans la flotte juste avant l'impact du premier coup. Il est tout entier au spectacle, Petit Roux.

Pour la première fois, il est au bord de la mer.

⚓

Depuis perpète je veille et je vous cause, les béquilles en vrac et le goitre plus sec qu'une jarre de cendres fraîches. J'aime autant vous prévenir tout de gob, jamais je tiendrai les mille et un cadrans, c'est au-delà de mes forces. Je débagoule sans jamais roupiller, ni même connaître les frasques du dehors puisqu'il manque des écoutilles à ce drôle d'aquarium. Pour tout vous dire, j'ai dégueulé un par un les petits os du rongeur qui rôdait dans mes pattes, vous devriez mieux dératiser vos cachots.

Ores, il me semble avoir bien remué la casserole, bien déballé tout ce que j'avais à offrir. À vous autres, qui méconnaissiez les voies de la mer et la routine du bord, j'ai vendu toute la mèche et croqué le meilleur du morceau. C'est chose faite, foi de coq, vous la tenez enfin par la nageoire, l'épopée de Câline et Petit Roux. Et la complicité de Furieuse en ristourne, puisque par la vertu d'une vraie dénonciation, j'ai tortillé la cavale et je vous l'ai bien mouchardée. Sans vouloir abuser du crachoir, puisque d'autres innocents viendront après moi, j'espère être enfin gratifié de votre clémence.

Sans savoir plus, vous savez mieux.

Je vous ai déjà résumé le plus gros de nos vies. Le bois dont on fait les Fruits-de-mer, comme qui dirait, je vous l'ai servi sur un plateau d'argent et la suite, vous la goûtiez déjà en fin de compte. La suite, elle commence séance tenante, lorsque vous déboulez *manu militari* sur la grève pour réprimer ce que vous appelez l'*Outrage* et la *Profanation*.

Lorsque vos galvaudeux abattent leurs fourches, leurs bêches ou leurs pioches sur la caboche du gamin fautif. Lorsqu'ils rebalancent à la flotte les cadavres estropiés de la mère et du fils, tandis que vous catapultez vos bidasses à l'assaut du *Ghost* en guise de représailles.

Notre cargo poussif, englué par la pétole, freiné par le fifty en remorque, vous a donné bien peu de fil à retordre, convenez-en. Nous étions tous après Furieuse, pardi, qui nous refaisait en gesticulant le périple complet du mouflet – la garce nous donnait le menu dans le détail, voyez-vous, un peu comme si on y était.

La suite, elle tient entre vos pognes agraires, vos ongles terreux et la plante bien trop large de vos pattes de mouches. On vous conçoit par la notice des récits de jadis, corbleu, par les inlassables lectures de l'Empereur qui nous ont inculqué les mots qui nous servent à tout décrire. On connaît votre appétence pour les châtiments, votre goût pour les punitions exemplaires et les dogmes auxquels vous adhérez sans broncher. Vous nous jugez pour ce qu'on est, à brûle-pourpoint.

On vous met tous au même sac, tenez, on s'abaisse rarement à compter les gravillons des bas-fonds.

Je suis fourbu à présent, finissons-en au plus vite. La meilleure charité qui soit, comme dirait l'autre, c'est encore la justice pour tous. Vous savez dorénavant qu'on y est pour que dalle, nous autres du *Ghost*, puisqu'on a fait tout ce qu'on pouvait pour vous épargner la relique et les funérailles inopinées. Remettez-nous à l'errance et adieu-vat. Soyez bon, tendez la croisure de vos pattes et jetez-moi au large sans tarder. La mer doit être tout proche, je peux la flairer sans l'entendre. Abandonnez-moi tel quel sur l'estran, le reflux m'emportera aux antipodes. Confiez-moi aux flots hurleurs, à la salure épaisse qui façonne les matafs, car j'ai rien d'un rat de cale, foutrebleu, je suis taillé pour la Grande Bleue. Moi,

Blaquet, j'aspire juste à retrouver mon roulis, mes spatules et mes gamelles bosselées.
Le casse-croûte des marins affamés.

De vous à moi, qui s'apprête à tuer l'autre ? En déclenchant cette bataille agressive contre le *Ghost* et contre tout ce qui flotte, les Pousse-cailloux doivent savoir qu'ils sont devenus des meurtriers sans foi ni droit – des fauteurs de guerre, disons les choses comme elles sont. Selon la Loi, qui fait de nous des frangins de sang et de larmes, les ceusses qui ont commencé devront répondre de leur crime devant les abysses, sans échapper à la condamnation et aux représailles.
Sachez seulement qu'en me blâmant pour des peccadilles, vous resterez bien seuls à la barre, foi de Blaquet. Seuls sur vos cailloux pelés, seuls face au Pays-de-Mer qui vous réserve son dernier mot. Et quand le trait de côte montera, vous nous rejoindrez en gémissant.

Quant à moi, votre dévoué popotier, j'attends sereinement le délibéré de mon châtiment, sans me voiler la face ni tergiverser outre mesure – espérer moins, c'est aussi moins souffrir. Vous pouvez y aller, je suis cuirassé pour lutter contre les tempêtes cycloniques, je reste calme et serein quoi qu'il arrive.
En m'exposant ainsi, je me résigne doucement.

CHANSONS

p. 65 : “Lettre d’Islande”, Hervé Guillemer, extrait de l’album *Lettre d’Islande* (L’OZ Production LOZ07-1996). Texte et musique d’Hervé Guillemer © L’OZ Production
p. 89 : “The Wellerman”, chant traditionnel anonyme
p. 118 : “L’Artillerie de marine”, chanson paillarde anonyme
p. 126, 241-242 : “Adieu, cher camarade”, chant traditionnel anonyme
p. 143 : “Supplique à Lorient”, Hervé Guillemer, extrait de l’album *Lettre d’Islande* (L’OZ Production LOZ07-1996). Texte et musique d’Hervé Guillemer © L’OZ Production
p. 174 : “Ode à la joie”, Friedrich von Schiller
p. 198-199 : “Partance”, Édith Piaf et Raymond Asso. Texte de Raymond Asso, musique de Léo Poll © Balandras Éditions, 1937
p. 219 : “Hardi les gars, vire au guindeau”, chant traditionnel anonyme

OUVRAGE RÉALISÉ
PAR L'ATELIER GRAPHIQUE ACTES SUD
ACHEVÉ D'IMPRIMER
SUR ROTO-PAGE
EN MAI 2023
PAR L'IMPRIMERIE FLOCH
À MAYENNE
POUR LE COMPTE DES ÉDITIONS
ACTES SUD
LE MÉJAN
PLACE NINA-BERBEROVA
13200 ARLES

DÉPÔT LÉGAL
1re ÉDITION : AOÛT 2023
N° impr. : 102632
(Imprimé en France)